科普中国
CHINA SCIENCE COMMUNICATION
国防电子信息基地作品

科研教学随笔（第二版）

邓彬 著

国防科技大学出版社
·长沙·

图书在版编目（CIP）数据

慕轩集：科研教学随笔／邓彬著. -- 2 版. 长沙：国防科技大学出版社，
2025.3. -- ISBN 978 - 7 - 5673 - 0685 - 1

Ⅰ. I217.2

中国国家版本馆 CIP 数据核字第 20255Q9K28 号

慕轩集：科研教学随笔（第二版）

MU XUAN JI：KEYAN JIAOXUE SUIBI（DI-ER BAN）

邓　彬　著

书名题字：乐道斌
责任编辑：周　蓉
责任校对：向　颖
装帧设计：陈芷怡

出版发行	国防科技大学出版社	地　　址	长沙市开福区德雅路 109 号
邮政编码	410073	电　　话	(0731) 87028022
印　　制	长沙市精宏印务有限公司	开　　本	710×1000　1/16
印　　张	14.5	字　　数	208 千字
版　　次	2025 年 3 月第 2 版	印　　次	2025 年 3 月第 1 次
书　　号	ISBN 978 - 7 - 5673 - 0685 - 1		
定　　价	58.00 元		

序

习近平总书记在考察西南联大旧址时指出：国难危机的时候，我们的教育精华辗转周折聚集在这里，形成精英荟萃的局面，最后在这里开花结果，又把种子播撒出去，所培养的人才在革命建设改革的各个历史时期都发挥了重要作用。西南联大弦歌不辍的原因很多，其中通识教育模式就起到了很大的作用。比如，西南联大硬性规定，文法学院学生至少必修一门自然科学；而不论文、理、工，所有学生都必修中国通史、西洋通史、大一国文和大一英文。

指导国防科技大学重建的一代科学大师钱学森也曾提出，培养科技帅才须理、工与社会科学结合，即培养"工程师＋科学家＋思想家"式的科技帅才。

从深层次上看，科学研究、科学普及与文史哲学、文化艺术之间有着难以割裂的联系，它们相得益彰、相映生辉。本书即是学校教员邓彬多年来在科学与人文融合之路上探索的初步成果。

邓彬在科研与教学上颇有建树，获得了多个奖项和荣誉。他作为理工出身的博士，将日常科研教学的经历体会写成诗文并结集出版，为科技工作者开展科研创新活动提供人文启示，是件很有意义的事情。

目前，学校正着力打造高素质新型军事人才培养和国防科技自主创新高地，特别注重文化建设，弘扬"哈军工"精神，传承优良传统。相信本书的出版能为科技教育和人文教育协同起到有益的借鉴作用。

国防科技大学教授、专业技术少将　肖顺平

2025 年 2 月 21 日

绛帐铸剑伴诗声

（第一版序）

　　超越科技与人文的鸿沟是人类文化发展永恒的主题，而在科技与人文两方面做出重要创新的人才，即是人类文化史上的巨星。西方有亚里士多德、达·芬奇、莱布尼茨、爱因斯坦等集科学家、人文学者于一身的巨星，中国悠久的文化传统曾孕育出墨子、张衡、沈括、徐霞客等在科技与人文两方面均有重要创新的巨星。即令在追赶世界先进科技水平的年代里，中国也产生了不少文理兼通的科学大师；即使在中国传统文化衰微的历史条件下，仍然不乏既坚守中国传统文化，又在科技创新中站在世界前列的科学大师。

　　其中最令人惊赞的是，深挖中国传统科技与人文资料背后的思想精神与方法技巧，用于解决现代科技问题而引领世界科技新潮流，这方面杰出的代表有竺可桢、梁思成、吴文俊和屠呦呦。

　　作为气象学家，竺可桢一生站在中国气候变迁研究的国际前列，同时又有深厚的中国传统文化修养，善于运用古诗词佐证中国古代的气候变迁。在八旬高龄发表的《中国近五千年气候变迁的初步研究》一文中，竺可桢先生在运用科学测量、考古资料和方志记载的同时，大量引用了古诗词作品中关于物候的描述。如苏轼哀叹梅已在关中消失，有咏杏花诗云"关中幸无梅，赖汝充鼎和"，而宋代北方人到南方时常误认梅为杏，王安石因此有诗句"北人初不识，浑作杏花看"。竺可桢先生以这些古诗佐证了中国唐代以后气候变冷的趋势。[1] 因为梅树只能抵抗零下十四摄氏度的最低温度，这表明宋代常出现关中最低温度低于零下十四摄氏度的极端天气。竺可桢在20世纪70年代创造性地将古诗词描写与气候变迁研究相结合，得出的结论与国际同行运用同位素^{18}O研究格陵兰岛近万年气候变化的结论大体一致。中国传统文化资料不仅可能导向最先进的科学成果，而且易于造成最广泛的社会影响，可以说是集科学创造与科学普及于一体的最佳方式之一。竺可桢的宏文不仅在科学上位于国际气象学界前列，而且创造了中国科普的奇迹。这篇纯正的科学论文曾先后刊登于《考古学报》《气象科技资料》《中国科学》等学术期刊上，还刊登于《人民日报》《地理知识》《中国建设》《人民中国》等非学术性报刊上。

梁思成不仅是杰出的建筑设计师，而且是伟大的中国古建筑研究大师与古建筑发现者，其在建筑史上最大的贡献是发现了中国唐代遗存的佛光寺，从而打破了日本学者关于"中国无唐代建筑，看唐代建筑要赴日本奈良"的妄言。而这一重大发现也主要源于对中国传统文化资料的独特敏感性。梁思成阅读伯希和的《敦煌石窟图录》时记住了五台山图中有佛光寺，后来又在北平图书馆的《清凉山（山西五台山）志》中读到佛光寺的记载，于是下决心到五台山考察，以求证佛光寺建成的年代。[2] 梁思成与林徽因幸运地在卢沟桥事变前申请到经费，并通过艰苦的考察发现佛光寺建于唐大中十一年（857年），为中国乃至世界文物宝库增添了光辉。

如果说竺可桢与梁思成运用中国传统文化资料和科技创新有切合中国文化的特殊专业背景，则吴文俊从中国传统文献资料中受到启迪而开辟数学研究新方向的科学奇迹，不能不使人们对吴文俊的卓绝眼光与能

---

① 竺可桢：《竺可桢全集》第4卷，上海科技出版社，2004，第454页。
② 林洙：《梁思成》，山东画报出版社，2001，第59页。

力和中国传统文化的伟大生命力刮目相看。吴文俊在代数拓扑学领域取得吴示性类、吴示嵌类及吴公式等一系列世界领先水平的成果后，于20世纪70年代起转向数学史研究，通过对中西方大量数学史著作的研究，吴文俊慧眼独具地指出："历代中外算家，……往往拘泥于西方数学的先入之见，或着眼于以现代的数学方法与成就理解古代著作，以西释中，以今议古，致使面目全非，掩盖甚至歪曲了中国传统数学的真实面目。"① 他进一步总结出："在数学发展的历程中，存在两种思想体系，一个是公理化思想，从古希腊欧几里得系统发展下来的，另一种是数学机械化思想，发展于中国，影响到了印度数学，再影响到世界数学的发展进步。……公理化思想的成果以定理表述，而机械化思想的成果则常总结为算法（术）的形式"。② 在看清数学发展全局的基础上，吴文俊科学地预言，数学机械化思想的未来应用与发展将不可限量。在中国古代数学机械化思想与方法的启示下，吴文俊于1977年在《中国科学》发表了第一篇关于机器证明的论文《初等几何判定问题与机械化问题》，在西方流行的数理逻辑机器证明之外，独辟蹊径，开拓出中国特色的机械化证明方向，1984年又进一步建立了机证定理的算法——吴方法。吴文俊的独创在国际数学界与人工智能领域引起巨大反响，国际权威期刊《自动推理》破例将已在中国《系统科学与数学》杂志公开发表的奠基性论文重新发表。1986年，吴文俊在世界数学大会做特邀报告，此前又应美国通用电气公司邀请做关于中国古代数学机械化思想和几何的机械化方法及其应用的报告。300多年前牛顿未曾把从开普勒定律引出万有引力定律的过程记录下来，以致其成为世界科学史上的不解之谜。美国自动推理领域的权威沃斯向吴文俊请教如何用计算机从开普勒定律自动推导出牛顿万有引力定律，吴文俊回国后，运用机械化

---

① 胡作玄：《吴文俊之路》，上海科学技术出版社，2002，第85页。
② 同上书，第97页。

证明的吴方法顺利地解决了这一推导难题，彰显了中国传统方法文化思想与现代数学深度融合的巨大生命力。

另一位中西合璧、文理兼通的大师杨振宁，虽然没有从中国传统文化思想中直接引发出科学创新成果，但是深厚的中国传统文化修养使他在科学哲学层面提出了不少真知灼见，为人类文化思想宝库贡献了新的思想，为他本人的科学研究提供了宏观的哲学性启示，也为科学人才的选拔与培养确定了一定的路标与规则。这方面最启人心智的见解或许是杨振宁将人文艺术领域的"风格"概念，创造性地转化移用于科学技术领域，提出科学研究也有因人而异的"风格"问题："在古代中国的艺术与文学批评中有这样一种传统，是选用很少几个词来印象式地描绘每个画家或诗人的独特风格。现在允许我用同样的方法对这四位伟大的物理学家进行初步的尝试性比较，泡利——威力，费米——稳健有力，海森堡——深刻的洞察力，狄拉克——笛卡尔式的纯粹。"① 在杨振宁看来，一个人的科学研究风格在一定程度上决定了一个人的科学贡献："在每一个有创造性活动的领域里，一个人的爱憎，加上他的能力、脾气和机遇，决定了他的风格，而这种风格转过来又决定他的贡献。乍听起来，一个人的爱憎和风格竟与他对物理学的贡献关系如此密切，也许会令人感到奇怪，因为物理学一般认为是一门客观的研究物质世界的学问。然而，物质世界具有结构，而一个人对这些结构的洞察力，对这些结构的某些特点的喜爱，某些特点的憎厌，正是他形成自己风格的要素。因此，爱憎和风格之于科学研究，就像它们对文学、艺术和音乐一样至关重要。"②。

杨振宁在中西文化融合基础上长期深入思考所得的独到见解，早已为少数有识之士所重视和运用，他们对世界文化及中国科技界、教育

① 杨振宁：《曙光集》，生活·读书·新知三联书店，2008，第322页。

② 杨振宁：《读书教学四十年》，三联书店香港分店，1985，第5页。

界、社会各界的深广影响也必将与日俱增。从杨振宁的人生经历可知，他深厚的中国传统文化修养并非在自然科学功成名就之后补课所得，可以毫不夸张地讲，从四龄幼童到九旬老翁的漫长人生中，杨振宁从未间断对中国文化的关注、积累和思考。杨振宁曾回忆说："我4岁的时候，母亲开始叫我认方块字，花了一年多的时间，一共教了我3000多字。现在我所认得的字加起来，估计不超过那个数目的两倍。……从五岁那年起，请了一位老先生到家里来教我们'读书'。我记得很清楚，念的头一本书是《龙文鞭影》，我背得非常之熟。"[1] "我九、十岁的时候，父亲已经知道我学数学的能力很强。到了十一岁入初中的时候，我在这方面的能力更充分显示出来，回想起来，他当时如果教我解析几何和微积分，我一定学得很快，会使他十分高兴。可是他没有这样做。我初中一、二年级之间的暑假，父亲请雷海宗教授介绍一位历史系的学生教我《孟子》，雷先生介绍他的得意学生丁则良来。丁先生学识丰富，不只教我《孟子》，还给我讲了许多上古历史知识，是我在学校的教科书上从来没有学到的。下一年暑假，他又教我另一半的《孟子》，所以在中学的年代我可以背诵《孟子》全文。"[2] 在2004年82岁高龄时，杨振宁还发表了《〈易经〉对中华文化的影响》这篇有独到见解的研究性论文。

传统文化修养在学问知识及情感表达上的优势，在重视外语的氛围中似乎仍未受到应有的重视。我想说的是，自然科学工作者也应记住"言之无文，行而不远"的古训。笔者60年代读大学的时代是中国传统文化极度衰微的时代，奇妙的是那时聆听过的自然科学工作者的讲课或演讲，或读过他们发表的文章，凡贴切运用古诗文名句的，都使我终生难忘。如钱三强先生的演讲《有所不为而有所为》，我在严济慈先生

① 宁平治等编：《杨振宁演讲录》，南开大学出版社，1989，第115页。
② 杨振宁：《曙光集》，生活·读书·新知三联书店，2008，第274页。

物理课堂上首次听到的王国维治学三境界集句，在《中国青年报》读到的华罗庚先生《取法乎上，仅得乎中》的文章，等等。改革开放以后，陆续读到了不少科学家的旧体诗作，我深感科学与艺术相融的美，以及作为艺术家的科学家的无限魅力。其中印象最深的有杨振宁先生歌颂陈省身先生数学成就的科学诗："天衣岂无缝，匠心剪接成。浑然归一体，广邃妙绝伦。造化爱几何，四力纤维能。千古寸心事，欧高黎嘉陈。"① 著名凝聚态物理学家冯端院士赴美期间写给夫人的情诗《旅美杂咏》二首婉约清幽之情致，有如唐代李商隐："纽约秋意浓，夹道霜叶红。试问阳台上，菊华开几丛？""异城风雨夜，客枕相思涌。遂令闺中妇，潜入游子梦。"②

　　数学大师苏步青的古体诗，更是功力深厚，内涵意境与平仄格律在当代自然科学工作者乃至人文社会科学工作者中鲜有其匹。苏步青先生自幼爱诗，抗战期间随浙江大学西迁贵州湄潭后，成为"湄江书社"一员，通过切磋交流与创作实践，成为诗坛高手。至晚年时已积累佳作五六百首，《文汇报》《解放日报》《新民晚报》经常发表苏老佳作，并集结为《原上草集》问世。苏步青先生一生自觉地以形象思维为主的写诗来调节逻辑思维为主的数学研究："我整天同数学公式、定理打交道，为了头脑不僵化，读写旧体诗可以说是起到'窗外看雁阵'的作用。"③ 此外，诗词写作交流使看似严肃刻板的苏先生变得温馨优雅。苏先生钦仰丰子恺先生的画作，便以诗索画："淡妆浓抹山与水，西湖画舫几时闲！何当乞得高人笔，晴雨清斋坐卧看。"④ 丰子恺先生立即以画回赠，苏步青先生又以诗回报丰子恺先生，成就了科学家与艺术家交往的一段佳话。

① 杨振宁：《曙光集》，生活·读书·新知三联书店，2008，第374页。
② 冯端：《零篇集存》，南京大学出版社，2003，第614、615页。
③ 钱伟长、杨福家主编：《苏步青》，贵州人民出版社，2004，第116页。
④ 同上书，第63页。

求实精密的科学技术需要中国传统文化的滋养，至性至情的文学艺术更是植根于中国传统文化的花朵。从事理论研究的人文科学工作者需要更自觉地提升中国传统文化的修养。近代以来，中国最具创造性的人文社会科学成果无不出自先打下深厚的中国传统文化功底，而又学习消化吸收西方相关的人文社科理论，并能在中西融合的基础上创新的大师，如王国维、鲁迅、胡适、陈寅恪、冯友兰、费孝通、钱钟书、李泽厚等。

以开拓近现代人文社科新境界的王国维为例，他年轻时对中国博大精深的传统文化宝库就有自己独特的选择，当时的学友后来评论说，"其时，君专力于考据之学，不沾沾于章句，尤不屑就时文绳墨"。① 对八股文，"用力不足，略能形似而已"，"入州学，以不喜帖括之学，再应乡举不中程，乃益肆力于诗古文"。② 16 岁时，喜读前四史（《史记》《汉书》《后汉书》《三国志》），将其引入史学的瀚海。后来王国维先生在上海、日本等地受到西方影响，在接触到康德、叔本华哲学后，以惊人的兴趣和毅力四读康德，从中汲取哲学和美学思想，创造性地运用于《红楼梦》评论与中国古诗词研究，写出了中国文学批评史上里程碑式的伟大著作《〈红楼梦〉评论》与《人间词话》。可以毫不夸张地说，当年的王国维同时登上了 20 世纪初中国传统文化与西学的两座高峰，并在两座高峰之间架起了一座大桥。

钱钟书先生则在稍后的年代承担起贯通中西文学的大任。钱先生从14 岁起发愤读书，"认真读了《古文辞类纂》《骈体文钞》《十八家诗钞》等书，读书作文，大有长进"。③ 到高中时代，钱钟书先生的传统文化功力已直追身为大学教授的父亲钱基博先生。一次，前辈学者钱穆

① 转引自钱剑平：《一代学人王国维》，上海人民出版社，2002，第20页。
② 同上。
③ 孔庆茂：《钱钟书传》，江苏文艺出版社，1992，第30页。

的专著《国学概论》即将在商务印书馆出版，钱穆向钱基博征序，钱基博让钱钟书代笔作序，一位高中生为大学者专著写的序竟一字未改地作为书序出版，钱穆先生对此浑然不觉。钱钟书考入清华大学外文系后，中学西学同时用功，博览群书，"横扫清华图书馆"，同学后来回忆，"在校四年期间，图书馆借书之多，恐无人能与钱兄相比者，课外用功之勤，恐亦乏其匹"。① 钱先生自己回忆道："及入大学，专习西方语文，尚多暇日，许敦宿好。妄企亲炙古人，不由师授。择总别集有名家笺释者讨索之，天社两注，亦与其列。以注对质本文，若听讼之两造然；时复检阅所引书，验其是非。欲从而体察属词比事之惨淡经营，资吾操觚自运之助。渐悟宗派判分，体裁别异，甚且言语悬殊，对疆阻绝，而诗眼文心，往往莫逆冥契。至于作者之身世交游，相形抑末，余力旁及而已。"② 钱钟书在欧洲留学时，又阅读大量西方小说和"康德、黑格尔、萨特、弗洛伊德、克罗齐等人的哲学、心理学、美学著作"。③ 钱钟书以非凡的天分与勤奋，终于成为王国维、陈寅恪之后中西文化交融创新的又一位登峰造极的大师。钱钟书将自己的一部重要著作命名为《管锥编》，就是自信能在文史某些方面管窥奥秘，锥刺表象。钱先生确实也有些问题的研究中，评东论西，纵横捭阖，超迈前人，横扫千军。钱先生有一篇《诗可以怨》的论文，是 1980 年 11 月在日本早稻田大学教授恳谈会上的讲稿，旁征博引指出西方近代以来大肆渲染的一个观念："痛苦比快乐更能产生诗歌，好诗主要是不愉快、烦恼或'穷愁'的表现和发泄"，其实"在中国古代不但是诗文理论里的常谈，而且成为写作实践里的套板"。④ 钱先生的论据从孔子《论语》、司马迁《报任少卿书》、刘勰《文心雕龙》、钟嵘《诗品》，直至韩愈、苏轼、

---

① 孔庆茂：《钱钟书传》，江苏文艺出版社，1992，第37页。
② 钱钟书：《谈艺录》补订本，中华书局，1984，第346页。
③ 孔庆茂：《钱钟书传》，江苏文艺出版社，1992，第78页。
④ 钱钟书：《七缀集》，上海古籍出版社，1994，第120页。

黄庭坚之论，而对于瑞士博学者墨希格在现代还写"一大本《悲剧观的文学史》证明诗常出于隐蔽着的苦恼"，钱钟书大不以为然，讥讽道"可惜他没有听到中国古人的议论"。① 钱钟书指出，中国千年之前的唐代韩愈早就对这一问题有真切的见解与经典的表达："夫和平之音淡薄，而愁思之声要妙，欢愉之辞难工，而穷苦之言易好也。"②。

兼通中西的钱钟书对中国传统文化里的不足也不护短。西方文学评论从理论上早就提出了"通感"（Synaesthesia）概念，说的是视觉、听觉、触觉、嗅觉、味觉往往可以彼此打通式交通，眼、耳、舌、鼻、身各个官能的领域可以不分界限。颜色似乎会有温度，声音似乎会有形象，冷暖似乎会有重量，气味似乎会有体质。诸如此类，在普通语言里经常出现。譬如说"光亮"也说"响亮"，把形容光辉的"亮"字转移到声响上去，正像拉丁语以及近代西语常言"黑暗的嗓音""皎白的嗓音"就仿佛视觉和听觉在这一点上有"通财之谊"。③ 钱钟书指出，中国古人也早在创作实践中将各种感觉打通，如宋祁《玉楼春》有名句曰"红杏枝头春意闹"，而李商隐《杂纂·意想》也早写道，"冬日着碧衣似寒，夏月见红似热"。所不同者，西方从哲学层面上提出了"通感"的概念，从亚里士多德到培根有不少人对创作中的"通感"进行了深入的哲学分析；而在中国古代文学批评里，"中国诗文有一种描写方法，古代批评家和修辞学家似乎都没有理解或认识"。④ 钱钟书对中国古代文艺批评家未能从作品描写中提炼出"通感"这一哲学概念，似乎遗恨不尽。当代有些评论者未能深读钱钟书的著作，以为钱先生的学问只是"博闻强记"而已。事实并非如此，钱先生的著作是当代和未来中国人深入学习中西文化的一条捷径。

---

① 钱钟书：《七缀集》，上海古籍出版社，1994，第 129 页。
② 同上书，第 127 页。
③ 同上书，第 65 页。
④ 同上书，第 63 页。

毫无疑问，中国优秀传统文化充满魅力，并有无限的生命力，中国近代以来最优秀的科学文化人才无不学兼中西、融会贯通。而中国传统文化优长与西方近现代文化优长的融合创新，不仅是当今时代精神的主流，而且必将成为未来文化创新发展最强大的源泉。今天已有越来越多的人认清这一发展趋势，更有越来越多的年轻人投身于这一伟大实践。本书作者邓彬博士即是年轻一代中很早觉悟并捷足先登的先行者。

邓彬博士出生于孟子故里山东邹城，从小即受圣贤之熏陶，传统文化之根早植心灵。现为国防科技大学优秀青年科技人才，三十出头已是信息与通信工程专业的副研究员与硕士生导师，并被遴选为学校青年拔尖人才培养对象。他曾听过我的课与讲座，我原先只知道他品学兼优，学业有成，最近拜读其《慕轩集》，令人震惊与赞叹。钱学森先生要求理工科研究生写好三篇文章：一是专业论文，二是自然辩证法论文，三是科普文章。钱先生认为能写好这三篇文章的研究生素质全面，深广结合，不仅专业基础扎实，思路宽广，创新潜力大，而且适应能力强，可适应科研、教学、管理等各类岗位。邓彬博士已取得的研究成果不仅涵盖了钱学森先生要求的三个方面，而且远远超出其范围，迄今已出版学术专著 1 部、译著 1 部，发表论文 50 余篇，其中 SCI 检索 20 余篇。此外，读者可以看到文理兼通的邓彬博士在钱学森先生的高标准之外，又进行中国传统文化的研修与创作，本集即收录诗词作品 80 余首，还有《近体诗格律总结》一文与各类文章 15 篇。《慕轩集》可谓汇科学、艺术、教育于一体。

更为难能可贵的是，邓彬博士超越自身专业范围的艺术、哲学才华与成果，是在优质完成本职工作的业余时间里长期自学成才的结果，情况正如爱因斯坦所言，人的差别是业余时间造成的。邓彬博士以浓厚的兴趣、超常的能力和长期的坚持，在超越专业的艺术方面登堂入室，达到了较高的专业水平。当传统文化还被冷落的时候，邓彬已用独特的敏感性和浓厚的兴趣潜心学习钻研诗词艺术；而当背诵古诗词活动在社会上掀起热潮时，邓彬"轻舟已过万重山"，诗词创作之树已硕果累累。吟诵年轻理工博士的旧体诗词，竟出人意料的老到而优美，不少诗词选字用词安帖精当，似有严密的逻辑思维引导，加之少用典故僻语，读来清新自然，犹感白居易、陆游、杨万里之诗风，而诗韵格调的深沉委婉，有超越年岁之老成。与朋友同学酬唱之诗，似又渗透了李商隐之情愫；而对爱人、孩子的深情，发于诗文，含蓄优雅而动人。笔者非常喜欢其中的《游书堂山》："序属清秋丽日生，书堂山下聚群英。挥毫泼墨评今古，满纸烟云付率更。"邓彬善于书法而精诗词，故诗作意境用词、平仄音韵俱佳。集中所录诗词内容丰富，形式多样，才识相济，读者自可见仁见智，发现与自己心灵相契的佳作。这些造诣绝非一朝一夕之功，而是作者长期潜心学习与创作的结晶，若能在这条道路上长期坚持，再加上诗外功夫的积累，诗词艺术将不可限量，为学为人的境界必更上层楼。

在《慕轩集》将要公开出版之时，我禁不住要向广大读者推荐这本富有科学理性、充满诗情艺韵而又积极启迪人生的诗文集。最后以七绝一首，祝贺邓彬博士《慕轩集》的出版：

> 长陪霜叶立湘滨，秀竹坚松有圣根。
> 沃野百寻千翠色，共荫铸剑润诗心。

国防科技大学教授、博士生导师

2017 年 6 月 10 日

才·志·情

（第一版序）

大约四五年前的一次朋友小聚，座上几个人我都认得，独独这位做东的邓彬博士是初次见面。但就是这短短两三个小时的谈诗论文，便对他留下深刻印象。这印象便是两个字：才子。而且作为理工科的博士如此喜爱诗词，甚是难得。

此后便有所接触。那时我担任《国防科大报》副刊编辑，他送来诗稿，曾与他交换修改的意见。今年端午节假期，他忽然发来短信，说拟出一书，请我为序。我才疏学浅，是从未给人做过序的，不免有几分犹豫。但他引我为同好，于情是不便回绝的。而这有几分犹豫的原因，便是对写不写得好没有把握。把这个意思跟他说了。他回复说没关系，不是学术文章，可写得随意些。我又说节后先拜读书稿，找找感觉。不几日，他果然把书稿送来。于是，择了一个空闲日子静心细读。这一下，所得印象又非先前以为的"才子"那么简单了。

他在后记里说他的这个集子诗词部分是仿沈复《浮生六记》的体例编次，分为"军旅科大""梦绕东园""山水寄怀""故人酬唱""夜雨杂感""西窗琐忆"六个部分。而我前面所说读后所得的不那么简单的印象，恰也是由这六个部分，以及这个集子的文章部分逐渐加深、丰富起来的。

具体来说，就是有"才"之外，更知他的有"志"有"情"。"龄少从军原为志"（《岁末实验室欢宴有感》），"何当征万里，不负少年行"(《拉练》），"携笔从戎赴楚天，湘江北逝又经年"（《硕士毕业有感》），"持笔铸剑，护我国疆"（《博士毕业有感》），"敢开天河铸利剑，誓擎北斗固长城"（《习主席视察国防科大有感》）等，是为强军之志，也是他作为东北大学优秀本科毕业生得以保送军校深造的重要思想基础。集中收录的他与别人共同创作的两首朗诵诗，更是直接鲜明地表达了这种融个人价值于强军大业的人生追求。而"东大万里云天，点笔绘彩卷。莫畏山遥路远，何惧书难石坚。学士后攻研，揽取博士后，谈笑还乡关"（《水调歌头·初入东大》），"学海无涯穷理苦，书山有道悟经酣。从今踏上攻博路，霜刃磨出剑气寒"（《硕士毕业有感》）等，则为成才之志，也是他一路求学深造、砥砺前行的精神动力。

而他的"情"，更体现在方方面面。"碧血如虹贯海疆，誓驱强虏义堪当"（《祭南海撞机英雄王伟烈士》），"同心同德兴社稷，群策群力强家邦""鼎新革故九州泰，兴利除弊万民康"（《十六大召开有感》）等，是为爱国之情，切切心声跃然纸上。"相识相知已成往。春华园，泪湿裳。杨柳依依，无语对同窗"（《江城子·大学毕业》），"三载同窗景历历，两岁分读思悠悠。何当相携览故里，再问寒雨敲何楼"（《赠友》），"淡泊如水，真水无香。君子之交，山高水长"（《雪夜抒怀》），是为同学之情，读来令人感动。而"山水寄怀"中的21首诗词，则生动表达了他对祖国大好河山的热爱之情。"四海浮云行脚下，千寻栈道绕崖间"（《游三清山有感》），"草堂人去留清韵，花径枫红胜麓山"（《暮秋游庐山》），"孤亭耸峙白云乡，野径回旋入太行"（《再登百望山》）等，无不寓情于景，生动真切。有意思的是，他在《我的导师黎湘教授》一文中，透露了他屡屡寻访名山胜境的缘由。原来黎湘教授极懂得张弛收放之道，早些年每逢春秋两季的假日，都要带领实验室同仁出游。我想，邓彬所咏庐山、黄山、三清山、张家界等名胜的诗作，应是这些游历的心情抒发。而"西窗琐忆"中的多首诗词则属颇具"私密性"的爱情之作，是邓彬写给当年的女友、后来的妻子的。"西窗"一词自然使人联想到很为后人称道的唐朝李商隐《夜雨寄北》里的诗句"何当共剪西窗烛，却话巴山夜雨时"。可知无论古今，爱情都是文学不可缺少的主题。"西窗琐忆"中最早的一首《扬州慢·答李君》写于2000年。那时他俩正读高三，不知是不是在同一所中学。由此说来，邓彬与女友的互生情愫当归于早恋之列。但他们的相恋却充满正能量，既两情缱绻又相互砥砺，如"弹指二百光景，喜相逢，点笔续梦。已足同窗情，更待同学成功"（《扬州慢·答李君》），"相识相知两地，鸿去鸿来六载。待到学成还乡时，与君共赏花开"（《西江月·两地思》），"分度数月定相会，比翼双飞到永远"（《临别互赠诗》）。这种真挚纯洁的爱情，也许只有经历者才能真正品尝到其中的甜蜜和美好。及至婚后和女儿出生，依然情浓如初，如"廿载精修辞麓山，执鞭汭水正华年。书声隔岸摇池柳，碧草夹堤迷杏园。已许侬身燃凤蜡，岂缘玉币市雕鞍。新苗欲润成嘉树，雪落云鬟亦畅然"（《贺妻执教两周年》），"漠漠香如芷，清清目似潇。熏风拂秀耳，侬语倍含娇"（《赠爱女芷潇》）。而此集中写得最早的诗，当属写于1996年夏的《初中毕业》，其时作者年纪亦不过十四五岁吧。然诗中文字的自然流畅，想必绝非初试。故可为作者在后记中所说"我自幼对诗词怀有浓厚的兴趣"的佐证。其实，即使不看后面记载身世的文章，仅从这些诗词中，亦能隐约探寻到作者的人生轨迹。所以说，诗词不仅能言志抒情，还能成为人生之路及心路历程的见证。

谈诗论词，自然要说到格律技巧之类。其实，于此我也不过只知皮毛而已。况且邓彬自己就有一篇《近体诗格律总结》的文章。这是他多年诗词创作的心得，凡喜爱诗词者不妨一读。我在此也不必赘言。然而我以为，于诗词创作，格律技巧之类还是死东西，并不难掌握，关键是如何以生动形象简练的语言赋予作品真切鲜活感人的魅力。这一点上，看得出邓彬是十分用心的。"珠落荷池浅，烟凝柳色轻"（《雨中游大明湖》），"浅""轻"两字就用得极为传神。又如"苍松郁郁横客路，芳草萋萋侵碧泉"（《游三清山有感》），"横""侵"两字也用得很到位。其他篇什也多有珠玉之句，恕不一一列举。古人赋诗作词讲究炼字，而诗词的精妙之处亦正在此。看来邓彬已得个中三昧。若对诗词创作保持长久兴趣，孜孜于炼字之妙可谓最大诱惑。

至于集子中的文章部分，也是很可读的，可从中知晓邓彬求学的艰难、志向的远大、意志的坚忍，以及他对导师、领导、战友、同学的感恩、友爱之情。读了这些文章，一个不懈追梦、自强不息者的形象就会活生生站在你的面前。至于那些关于专业学习的文章，就没有我这个只会码码文字的人饶舌的份了。

集子中还附录了几篇关于邓彬的报道，其中有一篇关于他的专访，发表于2012年6月4日的《国防科大报》。其中写道："他读博期间课程成绩居同级前茅，科研能力突出，参与完成国家、军队和学校项目9项。学术研究成果丰硕，在IEEE和IET期刊发表SCI论文7篇，EI论文9篇，教育教学论文2篇。获专利1项，申请1项，出版译著1部。在读期间获教育部'学术新人奖'、校级优秀学员、光华奖学金等各类荣誉和奖项13项。系IEEE学生会员、IEEE和IET雷达域期刊审稿人。"此后，他还曾两次被评为学院优秀共产党员，博士学位论文2014年被评为湖南省优秀博士学位论文，2015年被遴选为学校青年拔尖人才培养对象，2016年被派往国防大学军事理论进修班学习。邓彬的优秀毋庸置疑。而标题所说的"才"，当然远不止诗词创作，以及他同样爱好且擅长的书法、篆刻等艺术方面，更包括他孜孜于专业学术的追求和造诣。文理兼通、相辅相成，或许是对邓彬之所以才气横溢的最好注脚。而秉此理念，他一定能在这条道路上越走越远。

《国防科大报》原总编辑、编审　王晓军

2017年6月13日

目录

弁言雅辞

中篇　诗词雅集

军旅科大

故人酬唱

夜雨杂感

V

下篇 楹联书法

【上 篇】

文章散记

教科随笔

家境与求学

两年半前，带着父母的期盼和乡亲的嘱托，我来到了千里之外的东北大学。我的家乡是山东省西南部的一个农村，也是省内最贫困的地区之一。家中除父母外，还有一个弟弟和一个妹妹。父母都是农民，年复一年耕种在这片土地上。虽说平原会比山区稍好些，但也并非年年风调雨顺。去年旱情就较为严重，迫于无奈，我家与其他两家合钱买了一套水泵（因为一家难以负担得起），即便如此，收成相比往年还是大幅度减少，这对主要靠卖粮换钱的家庭的影响不言自明。此外，为了贴补家用，年逾半百的父亲趁农闲时还在建筑工地上干些零碎的小工，每天工资十余块钱，但工资又总是发得很不及时，每到年关才能勉强要到一部分。

去年寒假回家，看着父亲渐趋苍老憔枯的身形，我的心中忍不住涌起一阵又一阵的痛楚和自责。雪上加霜的是，八十余岁的祖母也于去年十月病故。按照农村的穷风敝俗，仅操办丧事的铺底款项就要六千余元，只得四处筹借。然而破屋遭雨，漏船遇风，去年秋季在收玉米时，母亲突然右腹剧痛，经诊断为急性阑尾炎，又在市人民医院住院手术一个多月，住院费等近四千元。这些家庭的变故父母曾千般隐瞒，怕我得知影响学业，以至于去年中秋，即母亲出院不久我给家打电话时母亲对这些事仍是只字未提。只是后来妹妹偷偷写信给我才知道。她在信中说，母亲刚出院时瘦得简直认不出来了。读到此处，我再也看不下去了。今年妹妹正读初三，弟弟小学六年级，而我又是本科在读，出多入少，负担可知，而艰难的父母为我们揽去了家庭的重负，承受着日复一日的煎熬。可以说，我考出的每一分，我度过的每一秒，都有一种东西在悄悄地消逝，也有另外一种东西在焦急地增长，这就是他们曾经旺盛的精力和对我早日成才的期盼。

我无法选择生我的家庭，也不能埋怨育我的父母，更不会嫉妒别人的幸福，我只能承受自己的命运，只有付出自己的抗争。纵然身边有许多亲友的帮助和关心，可是最终战胜困境依靠的只能是自己。我选择了一条通过学业的成功从根本上解决家境困难的道路，当然同时也注定选择了艰辛，因为它有时看来是那么漫长。十年寒窗付出多少，艰辛冷暖唯有自知。为了尽己所能地缓解父母的经济负担，我节流开源，精打细算。除日常生活尽量节约外，从大一开始暑假我就没有回过家，这样不但可以省去路费还能打工赚钱。我找了两份家教，离校不远，都是高中的数学和物理，挣了些钱。家教虽然锻炼不了什么能力，但工作稳定，按时计酬，收入可观。当然我也尽量把自己的学生教好，充分备课，耐心讲解，因为同是天下父母心，那些家长盼我教好他们的孩子。一次，我给一个学生讲解一道题，讲了数遍，她仍不懂，心急的我也许语气有些不当，她竟哭了。我连忙向她和她父母解释道歉。我常想，或许家教的经历给我的并不仅是有形的收入，更重要的是让我克服了某些性格的缺陷。今年虽已步入大三后期，任重事繁，可我还是接受了另一份工作——收洗床单。我自信会处理好学习与工作的关系。此外，大二时我就争取到了国家助学贷款，平时又有一定的补助，这在一定程度上也缓解了家里和我自己的压力。困境也是一笔不小的财富。熙攘忙碌的生活充实着人生的每一天，只有在夜晚方得一份宁静的时空，慢慢地去品尝收获的欢欣，默默地来体味成长的代价。

我没有因一叶之利而失泰山之重，我也在努力争取着优异的成绩。因为我清楚地知道，这才是解决家庭困难的根本出路。进入大学以来，虽然生活丰富多彩，但我深知时光如梭，人外有人，不敢有丝毫懈怠。当然也取得了较好的成绩。入学五学期皆获奖学金，其中二等奖学金三次，去年还申请到一项东北大学"周鲸文奖学金"。于去年夏顺利通过国家英语四级和国家计算机四级，于今年初通过英语六级，并将有一篇论文以第一作者的身份发表在今年五月份的《辽宁师范大学学报》上。此外还于今年寒假接受了入党审查，在入党的路上又迈出了一步。

忙忙碌碌蓦然回头方感光阴飞驰，自认没有虚度。我常常感到虽然自己迈出的每一个脚步都很艰难，却也沉实有力。家境不是借口，逆境不是理由，困难不会长久，勤奋总会出头。我很感激在求学的路上曾给予我宝贵关心和资助的亲友、师长、学校和社会，只能冀回报于学成之时。不会倚穷卖困，不会怨天尤人，我将一如既往，克勤克俭，自立自强，继续用实际行动诠释我对奋斗的理解——不甘命运安排而进行的抗争。

注：2003 年写于沈阳，系东北大学"自立自强"奖学金陈述词。

感谢失意

高中毕业时，一位曾略有嫌隙的同学在给我的同学录中写道："朋友，你的一生不会太顺利，但愿你充满智慧的头脑能帮你化解前进路上的困难。"当时奇怪，他为何对我如此判断。但随着日子的流逝，我似乎渐渐懂了。常常认为自己身上沾染了太多儒家书生的习性，这种人（如郑板桥）往往是难免失意的。一向自负有"达则兼济天下"的胸襟，至于"穷则独善其身"却未想及太多。然而现实恰如连续剧《郑板桥》主题曲所唱"人生的不如意十有八九"，只好聊以自慰。尽管这样，心底总感觉有一层难以挥抹的失意。

失意的滋味犹如一杯微苦的酒：品着，苦在喉咙；吞下，苦到心头。或许读古代文人（他们多半没有富达起来）的书多些，耳濡目染那种文化情怀和文化人格，难免在行为上也因袭了某些失意的因素。如柳永、苏东坡、王安石、郑板桥等，他们"穷"了（这儿的"穷"当然是落魄不得志之意），又有各自"消穷"的方式：或转吟天凉好个秋，或转颂高山明月，或转念春风乡愁，或转绘南山翠竹。而我却不知将这种失意转接到何处，也曾试着写了句"善才失意由来多，红颜命薄古今同"，但总不免流于俗套。于是，我常常怀疑自己坚持的儒家"知其不可而为之"的价值观是不是出了问题。因此又转学庄子，因为他面对生死都如此达观，又何况失意。"人生天地之间，若白驹过隙，忽然而已。注然勃然，莫不出焉；油然漻然，莫不入焉。"《庄子·知北游》中的这段话大意是说，人活在天地之间，转瞬即逝，如白驹过隙，而世间万物蓬蓬勃勃，竞相生长，却也最终归于冥寂。消沉之中掩饰不住对似水流年的无限感慨和对得意失意的看透。

有时，我常想，自己所谓的失意是否只是自作多情，抑或读书不少但多不经世，再或仅仅是那一份心比天高命比纸薄的无奈而已。不管怎样，都常常感觉事不顺心，抱负难展，只能淡淡地忍受着。

渐渐地，我淡然了，给失意在心底留了个位置。淡淡的苦涩让我体味到生命的存在，让我感受到缺失的美丽，更让我少了一分狂热和浮躁，多了几分宁静与淡泊，我便开始在这份宁静与淡泊中理解着自我，接纳着自我，也更新着自我。得失看轻了，荣辱看淡了，成败看开了，感情随缘了。或许年轻人过于平静未必是件好事，但却让我真正领悟到生活平凡与波折的真谛，让我开始淡待失意，享受人生本属的快乐。没有了十面埋伏的壮烈，却享受了春江花月夜的静谧。没有这种失意后的平静和沉思，我就不可能拥有那份一如止水朗月寒潭般的心境。

然而，我清楚地感觉到，我的一颗心也在这一片沉静的心情湖泊下酝酿着爆发、积蓄着激情，虽然就外部看来波澜不惊。这是在默默地积蓄着为将来的爆发而准备的焰火，我知道，在一个适当的时机，它一定会释放出烈焰。这样，失意又给了我几分积蓄实力等待爆发的信心。

于是，年少的激情仿佛走过了一个否定之否定的历程，这让我更加真切和成熟地感觉到生命与年轻。

我心灵因之而老化了吗？没有！因为我心中始终有一团火在燃烧，虽然，火的外面是一层薄冰——冰火同炉最好的诠释。

我故作高深、矫情做作了吗？也没有！我没有伪造从容，也没有刻意掩盖激情。虽然，我没有让它时时处处爆发。

我真的很感谢失意。正是失意，让我和生活接触得更为亲密了。生命仿佛融在了如水的生活里，了无声迹，却也暗自涌流着。生活要去雕刻巨石时，它便默默地显出自身的伟力。

对待失意，柳永让我欣赏，王安石让我钦佩，郑板桥让我羡慕，而苏东坡则让我感动。朋友，如果你觉得自己失意，不如静静地享受这份失意吧。其实，它往往能比得意带给你更多的东西。

注：写于 2003 年。原载于女朋友主编的曲阜师范大学生科院院刊《绿野》，兼寄友人：

朱峰吾弟：昨日李红打来电话，说收到你的来信后，对你的"抑郁症"甚表担忧，问我有何对策。兄虽知你近来常失眠，但实不料及竟如此严重，也不知是否果真如此。弟所经变故兄自知对你影响之大，兄夜深辗侧，属在同心，愁绪何堪！然人生际遇无常，岁月沧桑，情感杂糅，望吾弟坦然待之。回忆昔日同窗共读，叱咤太平，作画联诗，同盟欢洽，犹记"喜庆之中除旧岁，涟漪片片映我心"之句，快何如哉！兄大一一年亦郁郁寡欢，即使近来也并非事事顺心：身体不适，申请失利，母亲手术，奶奶病逝，妹妹落榜……兄于大一末思绪无着之时，曾写下《感谢失意》一文，今寄予吾弟，个中情感望能体会。2003 年 6 月 7 日晚。

大学年华

◇◇◇

"才学卓异，兴趣广泛，思想成熟，人格健全"，这十六个字镌含着我在大学时代追求的全部理想。

才学卓异是我在大学时代的首要追求。它不仅是科研能力与学术素养的基础，也是步入职场并持续发展的后劲之源。三年以来，我忠实着自己的专业选择——IT 技术的一翼通信工程，在这个领域内不断学习探索。我重视大一大二的基础课程，高等数学、大学物理、信号与系统等科目均在优良以上。在大三的专业课学习中，我根据专业特点，坚持"理论实践结合"的原则，注重实验，取得了良好的学习效果。我还尤其重视课程设计和认知实习，曾独立设计了收音机电路、单片机报警系统，与同学合作编写了 DSP 卷积运算及离散 Fourier 频谱分析的程序，受到老师的好评。由于这些成绩，我每学期均获奖学金，其中二等奖三次，还曾被授予东北大学"周鲸文奖学金"。

同时，我还致力于提高自己的英语和计算机水平。英语方面，我发展了一套独特的记忆方法，自名为"奇想记忆法"，效果理想。现已通过国家英语六级，并曾获校英语竞赛三等奖。计算机方面，我把计算机能力分解为四个层面：基础理论、操作系统与网络、应用软件和个人兴趣（编程），如应用软件方面重点掌握了 Matlab、Protel 等工程工具。此外还于2002 年 9 月通过了全国计算机等级考试（四级）。

我重视提高学术素养，培养自学能力。大三上学期我深入研读了教育学、学习学等书籍，结合自己和其他优秀同学成功的自学实践，在此基础上撰写了《论大学理科程序化高效自学系统》一文，于 2003 年 5 月发表在《辽宁师范大学学报（自然科学版）》上。不久，作为论文第一作者又接到在东北大学召开的现代教育技术理论与实践研讨会组委会的邀请赴会宣读论文，后来这篇文章又被选为"东软杯"科技竞赛入围论文，产生了良好的社会影响。

兴趣广泛是我在大学时代的第二大追求。除学业外，我热心于学生会工作和社团活动，并且对文学、书法、篆刻等兴趣浓厚。为了锻炼才干，施展才华，在大一时我加入了院学生会《大学年华》杂志社，参与了《大学年华》第7期的编辑，并在其电子版第1期发表诗作，如《水调歌头·初入东大》。在大二上学期加入了东北大学文化促进会社团任宣传部副部长，次学期任部长。其间在宣传观念和方法上积极创新，曾设计了栏目"新世纪讲坛"和"新青年论坛"的网络版雏形，并亲自刻写了社团的篆体标志徽章。此外还曾在东北大学校报上发表过纪念张学良老校长逝世的文章若干；曾为校书法爱好者协会题写了"明德亲民，止于至善"的书法作品，并参加东北大学"校庆杯"书画展览。这些活动的参加和兴趣的培养，不仅锻炼了协调沟通能力，也陶冶了性情，使我受益良多。

思想成熟是我在大学时代的又一追求。社会需要成熟的我们，我们需要成熟的思想。我坚持"知—行—察—思"的方针，丰富知识，锻炼思维，升华思想。图书馆记录了我穿梭的身影，自习室见证了我求索的艰辛，林荫路留下了我匆匆的脚步。本着先博后精的原则，我阅读了大量哲学、文学、美学的书刊，调查报告，等等，努力提高自己用理论武器观察社会洞悉人情的能力，从而对人生的意义和生活的内涵有了更深的理解。在此基础上，我于2003年6月加入了中国共产党，以作为自己组织上的归宿和行动的约束，并更好地实现自己的价值。

人格健全是我在大学时代的最终追求。《大学》一书开篇明旨："大学之道在明明德，在亲民，在止于至善。"儒家认为，通过努力，人们可以完善自身的人格。我珍视大学里求真、求实、怀疑、创新的科学精神和诚信、自由、慎独、奉献的人格氛围，自律笃行，不断完达。我家境一般，但我积极实践，做过家教，跑过兼职，洗过床单……为此还曾被校团委授予自立自强先进个人。正是这种氛围和这些实践，培养了我乐观、自信、坚强、宽容的人格，这才是我大学三年最可珍视的收获。

　　这就是我，一个真实的我，一个上下求索的我，一个不断寻求完达的我。

　　注：写于 2003 年，系保送硕士研究生的"个人陈述"。

政委老汪

我本科是在地方大学上的。那里直接管理学生生活和学习的人称为辅导员，一般是每个专业设一名，多数由心理学专业的毕业生或本校毕业的学生干部担任。来到科大后，发现没有这个称呼，取而代之的是队长和政委。老汪即是我读博期间的政委。他面容清瘦，笑容亲切可掬，讲话带着浓重的湖南口音。两年多来，随着接触的增多，我也渐渐了解了这个我在科大的"辅导员"——老汪。

老汪给我最初的印象是他的粉笔字。博士入学报到时，看到用粉笔写在宿舍楼下黑板上的通知，或许出于自身常年练字的敏感，欣赏了一番。但见其字妍丽修长，欹正相间，圆转流畅却又不失方笔，堪称秀美。师兄告知这正是汪政委每日的"真迹"。人说字如其人，我常怀疑，今见之方信。修长一如老汪身材，棱角一如其面庞和行事原则，圆转一如其做思想工作的耐心轻柔。后来得知，老汪年轻时曾认真练过软笔书法，虽然未能坚持，但那时打下的功底却在粉笔字中体现出来了。艺不压身的确是真理。或许由于这一共同的爱好，我也常把自己的一些软笔习作发给他指点，他鼓励我不要废弛。前年，他推荐我的一幅书法作品参加学院的比赛，颁奖时我看到他也坐在台下，会心地笑着。当我准备把不适合宿舍用的奖品送给他时他坚决不要，依然只是鼓励我坚持自己的兴趣并多出好的作品。

在一次偶然的机会中，我得知老汪青年时期的道路也曾坎坷。他高中时期成绩非常优秀，遗憾的是高考发挥失常，于是乎，他落榜了。时值中越边境自卫防御战后不久。在复读与参军的岔路口，他说服了母亲，穿上了绿军装。后来又以战士身份考取了国防科大（原长沙工程兵学院）本科，在沈阳军区名列探花。意外的落榜竟促成了他与部队的人生机缘。不过在老汪看来参军并非意外，而是实现了他在"孩童时代就扎根于心灵深处的梦想"。

不管怎样，老汪来到了部队并当上了博士生队的政委。他习惯用一口带着湖南口音的"男低音"普通话对学员进行政治教育。每周五政治教育的地点，老汪运用工兵的专业背景，寻觅到了宿舍楼后一块绿树浓荫的空地。学员在树荫下分列而坐，老汪则在烈日下训话，不由令我想起家乡曲阜的杏坛了。不过在宣读上级文件时为减少口音造成的信号失真，他常常"自觉"地请队长出马。虽然带有口音，但他讲话的内容还是可圈可点。从道器并重、内外兼修，到军队常识、良禽择木技巧，无所不包。他尤其告诫我们，只有不断修身才能保证科研和事业的持续成功。只是建议老汪继续提高普通话水平，即使达不到"二甲"，至少也不能让学员在下面举"政委，普通话！"的牌子了。

老汪职务虽是团级，工作起来却有点像村长：上面千条线，下面一根针。既需要落实上级各系统各部门的要求，同时又直面博士层次的学员。他常说，博士生队管理说复杂也简单，就是一个中心——为学习成才服务，两个基本点——顺利毕业、不出大事。老汪和队长、副政委在严格落实条令、条例和各项规章制度的同时，为学员营造宽松的生活、学习和科研环境，在"双博士"结婚、出操训练等方面制定合情的规定，特别是对高年级博士"不折腾"。当然有所为有所不为。在指导学员找工作、搜集工作信息上又打开禁忌。在平常相处时，他像兄长和朋友一样与我们开玩笑侃大山，掌握不少"雷人"的现代词汇，同时又分担学员的麻烦与分享学员的成就。他在说到队里谁发表了"牛文"谁又评了学术之星时，就像说起自家的孩子，乐呵呵地笑。

老汪已然走进了我们的情感世界，我很庆幸在求学的最后一个阶段遇到了老汪。尽管老汪后来转业到了湖南省民政厅，见面很少，只偶尔碰到一次，但是，每当夜深疲倦正想偷懒时，总是想起他那坎坷的经历和那些抑扬顿挫的话来，于是在灯火阑珊的实验室里冲上一包咖啡，再继续为项目进展和顺利毕业而奋斗。

注：写于 2009 年 6 月。

我的导师黎湘教授

炎炎夏天的一个下午，我在宿舍整理衣柜，准备记不清第几次的"搬家"，赫然发现在箱底躺着一封信。"……看了你的情况，感觉不错，但大学的课程只是一个基础，将来科学研究仍有相当多的能力需要培养。你来科大念书，应该说，条件和机会都是很好的，期待你在这里一展身手……"

信是我的导师黎湘教授写的，日期署的是 2003 年 11 月 2 日，那时我正在东北大学读大四，刚刚获得保送到国防科大读研的资格。弹指一挥间，从白山黑水来到湘江之滨，竟有六年了，读了硕士又读博士。其间，我的导师一直是黎老师，不过收信时还未见面。

2004 年 4 月研究生复试，我第一次来到了古城长沙，也是第一次见到导师。虽然之前打过几次电话，也曾听四院的师兄说过导师的种种传奇，比如 36 岁评上教授，37 岁成为博导，年纪轻轻已然是"973 计划"技术首席，而且酷爱打篮球，如此等等，但是真正要见导师时还是充满了期待、好奇，甚至些许忐忑。复试在综合楼的一个会议室举行，导师坐在中间。他面容棱角分明，笑容亲切可掬，声音洪亮，笑起来异常爽朗。我也一下子放松了许多。首先读了段英文材料，导师还不时提示哪个单词什么意思，并对身边其他老师说我数学成绩不错，末了问我来科大的原因，等等。当我准备离开时导师突然问："有没有什么体育爱好？"对了，师兄们曾说，这是导师对新硕士和新博士必问的一个问题。我不记得自己当时怎么回答的了，若是现在，我的回答是篮球，遗憾的是自大三眼镜度数倍增后我就再也没有打过篮球了。

同年暑假过后我正式来到了科大，也进入了课题组。那时课题组刚刚升级为研究所，导师是所长，他平时很忙，但仍坚持出席每周一次的组内学术活动。组内活动通常由研究生汇报近期的工作，教员介绍自己的研究，后来又增加了观看国外大学和实验室的 VCR 等。在实验室待了一段时间我就发现，组内教员和学生竟没有人叫导师为黎老师，除了我。他们都叫"老大"。记得李朝伟师兄做学术汇报时就这样称呼，当时导师就在身边，我才意识到这大概是课题组的传统吧，只是无从考据其来源。私下里学生称导师为老大，导师则称学生为兄弟，有时也直接叫学生的外号，但很少直接喊名字，这样一下子拉近了师生的距离。不管怎样，下班后我也称导师为老大了，即使见面打招呼。

初到科大时，面对从未接触过的军事专业，我心里难免发怵甚至提不起多少兴趣。不过，这种状态不久就改变了。一次，导师应邀为研究生学术活动节做讲座，题目是讲信息融合。面对来自各院不同专业的学员，他形象地解释道，傍晚从远处走来一个人，我们看不清是谁，他走得更近些，我们隐约能看出但不确定，这时他又说话了，我们凭听到的声音和看到的画面一起就能确定这个人是谁了，这就是信息融合。一下子让我茅塞顿开。还有一次我陪一位老师去一院洽谈某项目，会议讨论正遇瓶颈时，导师去了，将该项目相关的装备研发现状和关键问题娓娓道来，并给出讨论的思路，语罢而去，对方啧啧称叹，而他提到的数据我都需要临时做笔记才能勉强记下。我感叹于导师的深入浅出，惊讶于导师的博闻强记，更佩服导师的敏锐洞察。每次做汇报，他即使不看公式，也能从概念上一下指出问题所在，并形象地向你解释清楚。因此，我的师兄弟们在汇报前一则以喜，一则以忧：喜的是导师能给自己的研究提出建议，忧的是怕自己的想法被导师否决。

尽管担任行政职务很忙，导师仍常与每位博士单独讨论课题中的技术问题。而且他要求课题组老师不要将日常杂事交给博士生去做，给我们留出完整的时间从事课题研究。

今年年初导师在我们实验室力排众议发起一项"改革"：博士研究生原则上不参与科研项目中任何事务性工作。其阻力可想而知。可是，导师在一次内部会议上讲："不错，项目是要有人做，并且压力很大程度上转移到教员身上，不过，这不足以要培养高素质人才、出高水平学术成果让路。"用他私下的一句话说，他不希望各位研究生考到我们实验室后只能

"提高球技"。他还常常以一位毕业师兄的例子告诫我们严守学术规范，不要违反游戏规则。

导师不仅是个十足的学者，而且是个"玩"童。长沙多雨，但只要天气尚可就常能在南院的篮球场上看到导师潇洒的投篮。事实上，在下午，常常听到导师在楼道召集打球的号角。功夫不负有心人，我们课题组多次在教工篮球赛中夺魁。导师还喜欢打牌，特别是打升级。课题组常常组织"天王杯"扑克大赛，教员学员一起参赛。篮球与扑克这两大娱乐活动如此盛行，以至于坊间传言有人专为我们实验室设计了徽标：两副扑克成 V 字形托起一个篮球。后来我总结，导师的"玩"有几大特点：一是锻炼体力和放松身心，为紧张的科研提供保证；二是寓教于乐，例如他打牌时常说牌有好有坏不必埋怨，关键是打好手中牌，其实人生又何尝不是如此；三是培养团队，因为无论篮球还是扑克，都需要密切配合，这也是培养团队意识、融洽团队关系的一种方式吧。

除了篮球和扑克，导师早些年在每年春秋两季都带领我们出游。这常常让其他实验室的兄弟们羡慕不已，也不由让我想起两千多年前孔子与弟子们郊游的场面。"暮春者，春服既成；冠者五六人，童子六七人，浴乎沂，风乎舞雩，咏而归。"这是何等的惬意！导师喜欢漂流，逢游必漂，尤其喜欢激流，且以落水为美。在每次游玩中，他从不避险，体力惊人。在湖南崀山，有阶梯和攀岩时，他选择攀岩；在茶马古道，他沿着崎岖的山路一直走到尽头去看最后的景点，而我们几个年轻的学生却中途即返……每次出游队伍浩浩荡荡，导师仍坚持多年。虽然我在之前就曾听说他借钱给学生发补助的故事，但还是感叹于导师的慷慨与良苦用心。

导师的魅力引来了数倍于其他实验室的学员前来报考，也给毕业已久的师兄留下深远的影响。每次出差见到那些师兄，常提到导师的个人魅力和对他们工作的启迪。我想，在人生成功的路上最重要的莫过于良师和益友了。我很庆幸在求学的路上遇到导师，从导师身上不仅学到了知识还获得了科研的方法与快乐，不仅学会了做学问而且学会了生活。导师的培养和知遇之恩永生难忘。正如我在硕士论文的致谢中所写："今生能得恩师指点开化，三生有幸焉。"

我的思绪飞回北院的宿舍，信纸在我手上已被汗渍浸湿，清风却从中袭来。六年来，从骏马秋风的塞北来到杏花春雨的江南，我一直在为自己的理想而奋斗。除了发表几篇论文，似乎并未取得骄人的成绩，一路走来并不平坦，多少感觉有负导师"一展身手"的期望。如今的我在为博士毕业而努力，或许明年就要离开长沙这座美丽的城市。可是，导师已然成为我人生的一座灯塔，指引我前行。

注：写于 2009 年 10 月，后发表于《国防科大报》，并收录于国防科技大学电子科学与工程学院组织编写的《书写出彩军旅人生》一书。

延安之行

七十多年前，二十几个人带领一支四万人左右的队伍来到了一座陕北小城，个个面如菜色，疲惫不堪；十三年后，这支队伍已发展为百万之众，吹响了解放全国的号角，从此一呼百应，所向披靡……这是何等的奇迹！

这座小城就是延安，一片神奇的土地；这支队伍就是红军，一个震动二十世纪中国的名字。

怀着朝圣的心，我终于踏进了这片土地。宝塔山、清凉山、凤凰山三山对峙，延河、南川河二水交流，延安城就在三山的环抱中依水而建，布局成Y字形。我忽然想到，Y不就代表Yellow吗？冥冥之中诉说着这片黄土地对炎黄子孙的孕育。岁月悠悠，当年奔腾的延河如今只有涓涓细流，宝塔依然高耸。

陕北的春天来得晚，已近清明，枣园里的果树才刚刚抽芽。晨光下黄墙青瓦的礼堂和窑洞如同水墨画一般朴素而又淡雅。走在枣园的砖路上，仿佛置身世外桃源，幽深而静谧。在1943年10月至1947年3月将近四年的时间里，这里汇聚了中华民族的精英，领导了全党的整风运动和大生产运动，指挥着长城内外的军民抗击侵略，解放全国。

山坡上是一排排依山而建的窑洞，毛泽东旧居与张闻天、朱德旧居左右为邻。窑洞前的院落干净整洁，一株在微风中摇曳的丁香树远远地飘送着清香。讲解员说："这株丁香树是周总理带来的，毛主席亲手栽植。现在已有四米多高，成为枣园一景。"在丁香后面的窑洞里，墙壁上挂着毛泽东去重庆谈判前在延安机场挥手告别群众的照片，据说礼帽和皮鞋都是借的。一身虎胆，不拘条件，这是何等的情怀。那些陈旧的沙发、茶几、屏风、木床、桌椅、笔墨、油灯，就连毛泽东用过的木炭火盆、旧木箱，都照当年的样子摆放着。吃饭和写字两用的粗糙桌子上，陈列着《鲁迅全集》和马列著作。在昏黄的煤油灯火下，毛泽东写下了《矛盾论》《实践论》《论持久战》《论联合政府》《对日寇的最后一战》等光辉著作。至今《矛盾论》和《实践论》这"两论"都被公认为哲学的典范之作，其结合党的实践对基本哲学原理深入浅出的讲述让人读来毫不枯燥，我每次阅读总有收获，一直用它指导着自身的科研活动。有种东西真的可以不朽，这就是人的思想。条件有变迁，肉身有生死，仕途有沉浮，人事有代谢，永恒的只有思想。

在朱德窑洞的墙壁上，悬挂着朱德和董必武贺寿一诗，我对其中一句"只见公仆不见官"印象尤其深刻。讲解员说，在延安的各级政治机关门口没有警卫，任何老百姓都可以小门直入。据说，最初从杨家岭搬到枣园时，为了首长安全，康生提出要把周围的群众迁走。毛泽东批评康生说："鱼在水里才能活啊，你把水都排干了，鱼还能活吗？群众一户不能搬，要搬你们社会部搬走。"当时的党群关系可见一斑。1941年11月召开的陕甘宁边区第二届参议会，执行了"三三制"政策，在选举边区政府委员时，当选的十八人中本来有中共党员七人，由于超过了"三三制"的规定，徐特立主动申请退出，改由一名党外人士递补当选。延安时期进行的选举，堪称国史、党史上民主选举的典范。值得注意的是，"三三制"政府不是一个参政议政机构，而是权力机关。这也从制度上保证了党的领袖和广大干部要身体力行，处处想着人民、为着人民。所以当时出现了"只见公仆不见官"的好风气，陕甘宁边区政府被公认为是中国历史上前所未有的清明政治、廉洁政府。斯诺称赞"只见公仆不见官"的"那种精神，那种力量，那种欲望，那种热情……是人类历史本身的丰富而灿烂的精华"，是"东方魔力""兴国之光"。

走出枣园，就来到了张思德广场。烈士的雕像挺立在郁郁青山之上，左右两侧分别是浮雕和工楷雕刻的《为人民服务》全文。在张思德广场，重温入党誓词，默念着那篇传扬天下的著名演讲，寄托着无限的哀思："我们的共产党和共产党领导的八路军、新四军，是革命的队伍。我们这个队伍完全是为着解放人民的，是彻底地为人民的利益工作的。张思德同志就是我们这个队伍中的一个同志……"张思德是一个负责烧炭的普通战士，因炭窑倒塌而献出了自己的生命。他或许不会想到，毛泽东会参加他的追悼会并讲话，没有讲稿，没有提纲。在这次朴实无华的讲话中，毛泽东提出了"为人民服务"的命题。会后，李克农安排两个人根据记忆进行整理，在《战卫报》上登出，各地报纸纷纷转载。从此，"为人民服务"成为最有号召力的一面旗帜，它感染着每一名党员，感染着一代代优秀的中华儿女，甚至感染到大洋彼岸。曾有一段时间，"为人民服务"在海外受到攻击，被认为不符合市场经济下"人人为自己、客观为大家"的原理。可是，纳什的博弈论早已证明自私自利的结果往往既达不到个人利益最大化，也达不到团队利益最优。人性是善是恶，天性是否自私，欲望应否克制，生命何以永恒，这些困惑已久的问题都在这里找到了答案。张思德，一个普通红军战士的名字，随着那篇光辉著作传遍了神州大地，成为每个共产党员的榜样。斯人已去，英名永存，或许这就叫永生。离开时再次看了一眼：张思德，四川仪陇县人，1915—1944，牺牲时年仅29岁。

　　延安之行短暂，在这片朴实厚重的黄土地上，流传着先辈们太多的故事。地因人显，人以事彰。延安成就了中国共产党，也因此成为圣地。战火纷飞的年代早已远去，激情燃烧的岁月也已定格，唯有思想不朽，精神永存。

　　注：写于2012年4月。部分引述张春生著《延安您好》。

丹麦印象

2016 年 9 月 24 至 28 日我有幸随团出访，参加在丹麦首都哥本哈根举行的第 41 届红外毫米波与太赫兹技术（IRMMW – THz）国际盛会，该会议由丹麦理工大学（DTU）承办，IEEE 微波理论与技术协会提供技术支持。会议成果集中体现了每年红外毫米波和太赫兹器件、雷达、信号处理技术最前沿的进展和发展趋势。

北欧总体上比较富庶，丹麦属于其中尤其富庶的国家。环境优美宜居，出行畅通有序，工作和生活节奏舒缓，国家整体秩序较好。即使陌生人之间关系也比较友善，心态平和。团组于 25 日下午到达丹麦首都贝拉会议中心报到并领取了会议材料，同时了解会议相关情况并参加了当晚举办的欢迎招待会，招待会仅提供小吃和饮品。26 日上午参加开幕式，聆听了德国 Konstanz 大学 Leitenstorfer 教授关于量子物理的报告，以及德国 Kaiserslautern 理工大学 Beigang 教授题为"太赫兹技术：从基础物理到现实应用之路"的精彩报告，领略了大师的风采，也学到了一些新的研究思路。尤其是后一报告，Beigang 教授从太赫兹技术成本、性能和功能优势的角度分析了可能的应用方向，指出太赫兹基础器件和技术目前正趋于成熟可用，但不可替代性应用（Killer application）尚未发现，需要基础物理和工业界研究人员共同努力。

随后，我们听取了太赫兹技术在工业、安全和国防中应用的系列口头报告，来自德国 FHR、法国 Savoie Mont Blanc 大学等机构的五位学者分别介绍了太赫兹在跟踪、电路、名画厚度测量等方面应用的最新研究工作，我们深刻感受到国外科研机构已开始将太赫兹技术应用于工业和生活领域，产学研结合更为紧密，值得我们学习。

会议期间，我们参观了 VDI、QMC、TeraSense 等赞助厂商的展台，看到了业界最新的太赫兹测试仪器或产品。我们了解到目前时域光谱系统最高频段可达 6THz，目前在 140GHz 频段已有高度集成的小型化雷达，更新了对太赫兹技术和产品发展的最新认识。

下午会议结束后是海报展示时间，我们张贴了带去的海报并现场解答学术同行的问题。之后，会务组组织了哥本哈根市政厅的参观并在市政厅举办了欢迎招待会。市政厅建于 1892—1905 年，拥有高 105.6 米的尖塔，现在仍发挥着部分市政府机能。市政厅前的广场是哥本哈根最大的聚会广场，许多重大节日、纪念日的庆祝活动都会在这里举行。我们曾从广场经过，当时还为无法作为游人进入市政厅大楼感到遗憾。招待会在市政厅一楼大厅举行，共有参会人员 1000 多人参加，首先由哥本哈根市议员代表讲话和会议方主席致欢迎词，然后大家用餐。既无餐桌也无凳子，餐食也只有酒水和蛋卷，简约而不奢费。大家更享受的是不同肤色的学术同行，无论新友或故交，碰下酒杯，互致问候，交流思想，洽谈合作。在市政厅我们也遇到了很多国内的太赫兹界同行，包括同为 863 太赫兹专家的南京大学陈健教授、首都师范大学张存林教授，以及天津大学韩家广教授、电子科技大学张雅鑫教授，还有我校的张栋文副教授等。同时遇到了我国在丹麦理工大学留学的学生并建立了联系，以作为未来合作研究的基础。

27 日上午也是两组大会报告和分会报告，我们听取了太赫兹超快测量、光谱和材料特性、超材料相关的三个报告。下午参观哥本哈根大学，晚上在展板区集中展示了我们的另一篇论文并与各国学者进行交流，给他们介绍论文的主要思路和成果，回答他们的提问。

哥本哈根大学是丹麦最有名望的综合性大学，也是北欧历史最悠久的大学之一，迄今已逾 500 年，世界排名在 30 ~ 70 之间。哥大较为分散，现有四个校区，我们参观的城市校区位于市中心，距离著名的"圆塔"和步行街很近。该校区位于两横两纵道路围起的一个街区，面积不大，只有几栋古老的楼房。著名的大学主楼也位于该校区，主楼正面上方栖着一鹰，下面是哥大的校训，翻译成中文意思是"目之所及、天光妙契"。主楼前方整齐伫立着哥本哈根大学先贤们的铜像，我们所熟知的量子力学创始人之一、哥本哈根学派发起人玻尔的铜像位于最右侧，他们仿佛在注视着不远处步行街上熙熙攘攘的芸芸众生，又像是在思考宇宙和人生那些终极的道理。校园内一个四方形院落的中心是一棵古树，接近深秋，叶子落满小院，显得极为幽静，在这里仿佛听到玻尔、海森堡、狄拉克等先哲们品着咖啡讨论着幽灵般的量子世界的问题。值得一提的是，玻尔对中国非常友好，曾在1937年到上海、杭州、南京和北平访问，就连受勋的奖章他也采用"太极图"进行了设计。我们在哥大的校园里驻足良久，不愿离去。

9月28日是在丹麦的最后一天，在听了上午报告后，下午收拾行装赶赴哥本哈根机场启程回国。尽管28日晚上主办方组织了运河夜游和晚宴，29—30日还有一些报告和颁奖，我们因行程原因未能参加。该领域最高奖"杰出贡献奖"授予了中国电子科技大学前校长刘盛纲院士，以表彰其在太赫兹领域的杰出成就和突出贡献，刘院士成为迄今为止国际上获得该奖的第三人、中国第一人，作为中国人我们倍感自豪。

这次出国参加国际会议对我们来说是一次非常难得的机会，既开阔了视野也更新了很多相关领域的资讯。希望能有更多的教员和学生参加该领域相关国际会议，使学院深度介入太赫兹学术界，缩小在该领域与DTU等国外高校的差距，促进电子科学与技术学科早日发展成为世界一流学科，使我校早日建成世界一流大学。

注：写于2016年10月。

站在马克思墓前

在结束赴英访学任务回国之前，我特意拜谒了卡尔·马克思的墓地。1999 年英国广播公司评选"千年最伟大的思想家"，马克思名列榜首。马克思不仅是无产阶级的精神领袖和革命导师，也是伟大的哲学家和思想家，瞻仰这位伟人的安息之所是我英伦之行的一个心愿。马克思墓位于伦敦北郊的海格特墓园，它常常被以讹传讹成有演讲角的著名的海德公园，实际上完全是两个地方。马克思在被法国政府驱逐后来到英国伦敦，度过了他一生中最后的五年时光，1883 年逝世并葬于此处。

由于处在新冠肺炎疫情期间，进入墓园需要提前预约，成人门票 4.5 英镑，儿童票 50 便士。墓园分东西两个区，马克思墓位于东区，与华特鲁公园毗邻。我穿过公园从东入口进入，指示牌上赫然印着马克思的画像。时值盛夏和疫情，游客稀少，偌大的墓园古树参天，郁郁葱葱。英式梧桐结满了成对的果实，地上遍布着三角槭浓密的叶子，大大小小的墓碑上方伫立着一排排十字架，碑石上爬满了青苔，整个墓园显得幽深而静谧。人生在世，草木一秋，无论轰轰烈烈抑或汲汲营营，坟茔都是我们每个人最终的归宿。卢梭说，"对死亡以及与之相伴的恐惧的认知是人类摆脱动物状态所获得的最初的认知"。胡思乱想着便走到小径转弯处，忽然游客的身影多了起来，不用说，马克思的墓到了。

马克思的青铜头像安放在两米多高的方柱形碑座顶部，高大而伟岸。浓密的标志性胡须一如往常，眼神坚定而沉然，平静地注视着远方，仿佛还在沉思，思想远未停止。青铜头像由英国皇家雕刻学会主席亲手创作，下面是鎏金的大字"全世界无产者联合起来"，它出自著名的《共产党宣言》。碑座下方刻着墓碑主人的名字"卡尔·马克思"，中间镶嵌着玉一般的方形石块，说明陪伴着马克思安眠的还有他心爱的妻子燕妮、外孙哈里、女佣海伦以及马克思的第三个女儿爱琳娜。碑座最下方刻着马克思

《关于费尔巴哈的提纲》的结束语："哲学家们只是用不同的方式解释世界，而重要的是改变世界。"用科学的语言讲，前者大概对应着"建模"，后者对应着"预测"或"估计"。

站在马克思墓前，我鞠躬之后，望着他如炬的双眼，想到他曲折的人生经历。法国作家司汤达的墓志铭上刻着"活过、爱过、写过"，六个字便勾勒了作家的一生。而马克思生于律师家庭，遗传有犹太人智慧的基因，23岁获得博士学位，迎娶名门之后为妻。后来不断受到普鲁士政府和法国政府的驱逐而颠沛流离，到达英国后仍然受到密探的监视。在伦敦最后的五年穷困潦倒，靠着微薄的稿费和恩格斯的接济度日，可谓"举家食粥酒常赊"，四个孩子失去其三。正是在这期间，他完成了皇皇巨著《资本论》第一卷。他是思想上的富有者、经济上的贫困户。有种观点认为越坚硬的东西越不需要思考，比如金刚石。而人似"芦苇"，但思想的力量竟能穿越重重时空，历久而弥新，并在21世纪的中国焕发魅力。正如清华才女朱令对《大麦歌》的诠释："我生也柔弱，日夜逝如此。直把千古愁，化作临风曲。"

站在马克思墓前，我想到了入党的初衷。在我2000年从鲁西南的一个村庄远赴白山黑水上大学之前，我的父亲告诉我"党是伟大的"，鼓励我积极入党。我在大三便成为一名中共预备党员。我的父亲不过是一个普通的农民，但在我看来他对党有很深的认识，对党也怀有很深的感情。村庄在计划搬迁时不少村民设法增加住房以在测算时多获面积，父亲则认为即使没有住房，政府也不可能不给分配新的住处，那不是党领导下的社会主义。战争年代"共产党是为穷苦老百姓打天下的"，后来习总书记将党的初心概括为"为中国人民谋幸福，为中华民族谋复兴"。没有反思就没有进步。不敢说"为往圣继绝学，为万世开太平"，但力求学有所成，改变命运，在党的领导下用平生所学服务国家，确是我的初衷。

站在马克思墓前，我感受到了信仰和真理的力量。英国是个基督教国家，伦敦市内遍布着大大小小的教堂，密度居英格兰之首，西敏寺、圣保罗大教堂位于伦敦市中心，当阳光穿过高高的紫色的窗户投射进教堂，多少会给人的心灵带来震撼。这是西方的信仰，在他们抗击疫情中已体现出作用。马克思的伟大之处可能并不在于发现"剩余价值"等具有特定条件的结论，而在于揭示了自然与社会的一些普遍规律和方法。我在读书时，常常困惑西方社会并不信奉辩证唯物主义，为何科技发展却如此发达，后来发现他们其实非常重视"实验验证"，汲取了培根实证科学和黑格尔辩证法的合理部分，其实也在践行"实事求是"和"一切从实际出发"，而马克思则在先贤们的肩膀上进一步系统化和集大成。

站在马克思墓前，我还感受到了一个民族对伟人的尊重。古语说"青山有幸埋忠骨"，马克思这样一位对资本主义进行猛烈批判的伟人何其有幸能被伦敦接纳。马克思虽然没有像牛顿、奥斯汀、莎士比亚等不列颠本土的科学家、作家、诗人一样葬入西敏寺或图像印至英镑纸钞，但马克思墓在伦敦同样得到精心的呵护：墓碑上的头像由英国皇家雕刻学会主席布莱德肖亲手雕刻，墓地在东区墓园规模最大、"地段"好，唯一采用真人雕像，墓前经常陈放着世界各地的游客献上的鲜花。墓园中伫立着上千的墓碑，多数都已荒草丛生。2019年马克思墓碑被人喷涂红色油漆遭到破坏，舆论哗然，后被妥善修复，目前在中间的方形石块中依稀留有痕迹。我在墓碑前驻足良久，直到日影西斜方才离去。

坟墓不过是肉身的归宿，信仰才是精神的家园。愿这位千年伟人在海格特安息，而他的思想的光辉永远照亮人类的前程。

注：英伦杂记之四，写于2020年8月，后发表于《国防科大报》。

千载书香伴墨香

如果说大学是知识的圣殿，图书馆便是圣殿上的"明珠"，堪称高校的象征。据说，哈佛大学建有 100 座图书馆，Lamont 图书馆凌晨四点半依然灯火通明，还配备了一个咖啡馆和超多自习区，同时对自习区安静程度进行分级管理：有要求静默的，有允许小声讲话的，还有允许大声讨论的。2020 年 1 月，我去伦敦玛丽女王大学访学时，首先去寻找那里的图书馆，藏书有 60 多万册，可以同时容纳 1000 名读者。此外，伦敦玛丽女王大学的学生还能借阅伦敦大学图书馆内丰富的藏书。去年，我陪同学校首长参观南京大学图书馆，其中古籍的精心修复给我留下了深刻的印象。

我校图书馆也有自己的特色。2004 年，我从地方大学保研来到科大时，首先就去了当时位于南院的图书馆，低低的楼层如同少林寺中的藏经阁，古朴的书架、泛黄的书页仿佛诉说着军工的正统血脉和历史传承。每当课题遇到"卡壳"时就习惯到图书馆寻找思路。记得把当时的研究课题雷达中的微动提取与 Fredholm 方程逆问题联系贯通起来，就是在借阅一本数学书籍后随手一翻时启发出来的灵感。后来博士论文被评为湖南省优秀学位论文，可以说与图书馆的作用是分不开的。

当读到博士阶段时，学校图书馆也完成了搬迁新建。更加丰富的书籍典藏、全开放式的设计理念、近乎零分贝的安静环境，成了潜心阅读、深入思考的不二之选。有时去图书馆不是为了借阅，而是单纯的"放空"与"发呆"。当有朋友来科大参观时，每次都很自豪地介绍说这是我们学校新修的图书馆。新图书馆还有一个我的"秘密空间"。在读博期间，我发现图书馆四楼外文期刊部有个夹层的阁楼，读者稀少，极为幽静，后来这里成了我与实验室几位同窗好友定期练习书法、交流书艺的绝佳之地，成为调节读博生活、大隐隐于校的"世外桃源"。欧楷的底子就是在那时打下的，只是不知道现在是否还有这样一块宝地。

随着留校工作，教学科研更加繁忙，同时数字图书馆也大大方便了文献的查阅，除了偶尔去一楼看看特展，其他去图书馆的次数少了许多。但每天上下班经过跨线桥，总是有意无意间注视几眼。2017 年，我的教学科研诗文集《慕轩集》出版后，图书馆特意收藏并颁发了证书，从此以另外一种方式延续与图书馆的缘分。古人说立德、立功、立言是"三不朽"，著书立说、为军育才可能是我们作为军校教员终生的修炼，也希望将来有更多的专著教材能够进入自己学校的图书馆。

千秋邈矣独留我，百战归来再读书。我军一位将军曾将自己的军旅生涯和经历经验总结为"人生十宝"，其中第一"宝"是结交两个亲密朋友，一个是运动场，一个是图书馆。相信科大图书馆永远是陪伴我们一生的挚友和心灵休憩的港湾。她将继续矗立在跨线桥畔默默地迎送着长沙美丽的日出日落，经历着学校矢志科技强军、奋进世界一流的伟大征程，见证着一届届军中骄子在这里成长成才。

注：写于 2023 年 2 月 19 日，入选国防科技大学图书馆"我和我的图书馆"征文。

论大学理科程序化高效自学系统

　　培养学生自学能力是现代教学论普遍重视的课题，也是教学研究的重要方面。自学能力的培养是多方面的，当各种有利于自学的方式和方法有序地结合起来，使学生的能力得到促进和发展时，就形成了自学系统。本文将要阐述的正是这样一种系统。

　　当代社会知识更新速度加快，对大学生的素质提出了更高的要求，即必须具有高效自学的能力。但在实际自学中，有以下几个因素严重制约着自学效率的提高：一是自学方法不完善，缺乏系统的自学程序；二是易学"后"忘"前"，缺乏自学的持续快速性；三是理解技巧不熟悉，缺乏逾越理解障碍的能力。这套自学系统将克服这些不利因素。

　　程序就是事情进行的先后顺序。程序化高效自学系统就是把具体自学过程固定为一定的程序模式并形成习惯，从而实现把学生的精力从"按什么步骤学"中解放出来，转移到"在当前步骤学什么"的目的，这就可以锁定注意力，提高效率。具体地说，就是既要按知识由低到高的逻辑体系去理解掌握，又要遵循人们认识客观世界的规律，同时还要结合自学过程的特点进行自学。其实质是建立了一套积极的思维定式，即"学→用→习"的基本模式。基本的学习过程必然包含这三步，这就保证了所建定式的必要性和积极性；同时对该系统中某些细节运用的灵活性进行强调，避免了所建定式的消极作用。

　　大学理科是指大学课程中具有基础性强、逻辑推理性强、与数学语言联系性强等特点的自然科学课程，这些特点将在后面论述中用到。

一、自学的基本程序

自学的基本程序如图 1 所示，其中 L（Learn）表示学习知识，E&A（Exercise&Apply）表示运用知识，RE（Review）表示复习知识，feof 是 C 语言中测试文件是否结束的函数，此处用来表示自学的某一课程结束（Y）与否（N）。L 是把学习的内容内化的过程。内化意指对学习的内容消化性理解后，有机地融合于原有的知识体系，保存（记忆或留下印象）在大脑中，这相当于把信息存储到计算机的外存储器——磁盘上；E&A 是从大脑中调用旧知识解决新问题的过程，这相当于计算机把需用资料临时从磁盘调到内存；RE 是信息强化，这相当于对计算机磁盘的整理和优化。在实际自学中，这三部分并不是绝对分开的。下面将分别阐述。

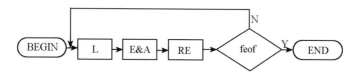

图1　自学基本程序图

（一）学习知识

图 2 中 C（Concept）表示概念，C′表示自学中遇到概念时的具体处理程序；J（Judgement）表示判断；R（Reasoning）表示推理。学东西通常是按由精到粗的顺序，这是一个基本的规律。"精"意即知识的细节（如基本概念），是微观的、分析的；"粗"是指知识大致的整体框架结构，是宏观的、综合的。当对细节的学习达到一定程度后（见图 2"Body"），就应当由最基本的概念、定理建立起一定的知识框架，亦即知识结构（图 2 中"粗 2"）。这就是由精（"Body"）到粗（"粗 2"）的过程。但是，由于整体性强的东西易于把握，综合对分析又有指导作用，因此在"Body"之前还应有个简单的"粗 1"，以便对执行"Body"中的程序有所指导。

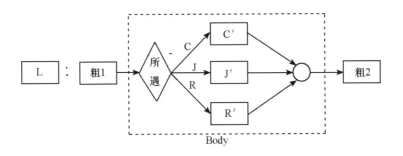

图2　学习知识的基本程序图

1. 关于"粗1"

此处的"粗"是在对新内容的学习之前，因此只是根据所学内容的题目、摘要、目录、小标题等，初步分析其内在联系，大略把握其脉络，然后顺着此脉络"精"学。

2. 关于"Body"

其中 C、J 和 R 所表示的概念、判断和推理属于形式逻辑学的范畴。概念是借助语词反映事物属性的思维形式；判断是借助语句对思维对象的情况有所断定的思维形式，在大学理科中表现为定理、结论、推论、公式等；推理是由一个或几个已知的判断推出一个新判断的思维形式，在大学理科中表现为证明、推导等。大学理科内容本质上都是由概念、判断和推理组成的，这样我们就可以借用形式逻辑学关于 C、J 和 R 的研究成果。根据自学时当前"所遇"的是 C、J 还是 R，有如下相应的自学程序。

（1）图3是遇到概念时的具体自学程序。概念是思维的细胞，是学习任何东西的入手点。概念不清是学习中常面临的问题，也是影响自学进度的主要因素之一。这就要求我们在自学时加倍注意概念。具体可按图3所示三步进行。

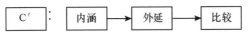

图3　遇到概念时的具体自学程序

①内涵

概念的内涵就是通常所说的概念的含义或内容。在大学理科中大部分概念是以定义的方式交代的，而相当一部分定义又是"概念 = 种差 + 属"的形式，如"微分方程是表示未知函数、未知函数的导数与自变量之间关系的方程"。"表示……关系"是种差，"方程"是属。其中"属"比被定义概念更广泛，已被我们理解；"种差"是被定义概念所反映的对象与该属中其他对象的区别。我们理解概念的内涵时正是循着先"属"后"种差"的顺序进行的，这符合由已知到未知的认知规律。如上例我们首先理解到微分方程是一种方程，其次才去理解它是一种什么样的方程。

②外延

概念的外延是我们通常所说的概念的适用范围，通常以分类的形式来交代。分类与定义是明确概念的两大基本方法。准确理解概念必须明确其外延。具体可按如下步骤进行：被分类的概念是什么？可从哪些角度进行分类？具体分为几类？能否每类举个例子？如微分方程可从"未知函数是几元的"角度分为常微分方程和偏微分方程两类，可从"是否线性"的角度分为线性微分方程和非线性微分方程两类等。

③比较

有些概念跟另外一些概念容易混淆，这就需要概念间的比较。比较有两层含义：联系（比较出共性和关系）和区别（比较出不同）。通过比较，我们可以建立起更加清晰的概念，为将来形成概念结构做准备。仍以微分方程为例，将"齐次方程"与"一阶线性齐次方程"比较后，我们发现：二者都是一阶线性微分方程；前者的 dy/dx 能写成 $\varphi(y/x)$ 的形式，后者的 dy/dx 能写成 $P(x)y$ 的形式。这样就明确了这两个概念。

（2）图4是遇到判断时的具体自学程序。如前所述其表现为定理、公式等。如果说概念是学习的基础，推理是学习的途径，那么判断可以说是学习的重点了。

下面阐述对判断的具体理解程序和理解技巧。

图4 遇到判断时的具体自学程序

①理解程序

A. 初步理解

遇到一个判断，首先要对其进行初步理解，即在识别文字意义和该学科领域中独特符号（如数学符号）的意义后，大体了解该判断的内容。可以从三个方面进行：判断对象、判断条件和判断内容。

B. 因果 & 举例

从这一步开始，就进入了对某个判断深入理解的程序。本步有两个方面：分析因果和举例子。一方面理解实际上是调用旧知识体验来认识新东西，一般是通过推理、类比等实现的。因此通过分析"判断是如何得到的"即分析因果来认识事物是理解的重要方法之一。这部分在大学理科中表现为证明、推导等，将在后面论述 R（推理）时详述。另一方面通过看例子、例题和自己举例子可以大大加快对判断材料的理解。

C. 变式

变式就是变换各种材料、事例的呈现形式以便突出事物的本质特征。这里我们借用形式逻辑学对判断和推理研究的部分结论，提出以下几种变式方法。

a. 换质、换位

换质、换位属于形式逻辑学中直接推理的范畴。所谓换质，是指只改变某个判断的质，即将"是"改变成"不是"或反之，同时将该判断中的谓项换成其矛盾概念。换位则是指将某个判断的主、谓项互换位置从而得到一个新的等价的简单判断。例如：

在定义区间内，"一切初等函数都是连续的"：

$\xrightarrow{\text{换质}}$ "一切初等函数都不是'不连续（即间断）的'"；

$\xrightarrow{\text{换位}}$ "有些连续的函数是初等函数"。

需要注意的是，这些变换均有一些自己的规则，另外还有换质位、换位质等，可参阅参考文献［3］。

b. P⇒Q 变换为非 Q⇒非 P（P 和 Q 均表示某一命题）

例如，"单调有界数列⇒必有极限"进行这种变式，可得到"一数列若无极限⇒必无界"。

c. 负判断

负判断就是否定某个判断的判断。在自学中，通过对一个正确判断（定理）的否定，可以看到该判断的错误形式，从而尽量避免犯错。有时还能提供研究某一问题的新视角。如高等数学中当连续点已没有太多的可研究之处时，通过对其相关定理的否定，得到了"间断点"及其相关定理，开辟了研究的新空间。

d. 换角度表述和逆向运用公式

变换判断的表述角度，如变换原判断的描述对象（主语），可实现对其更全面的理解。例如，平面上有若干个不同颜色的点，"任何一个红点都与其他点相连"，换角度表述后得到"任何一个点必与所有的红点相连"。这种变换无疑是利于理解的。

逆向运用公式一反从"＝"左向"＝"右运用的通常模式，即倒用之。如 $(a^x)' = a^x \ln a$（求导数），但若见到 $a^x \ln a$ 也应能想到是 a^x 的导数。

D. 比较

变式是通过变换判断材料本身来帮助理解判断，比较则是通过方法帮助理解判断。对判断的比较包括比较两个或多个判断的共同点和不同点，以及它们之间的逻辑关系。比较后使我们对判断有了更加清晰的认识，为以后建立清晰的判断框架（知识结构）奠定基础。

E. 复述

复述是用自己的话对判断内容进行描述。这实际上是对判断的内化过程，即把判断纳入自己原有的知识结构中。此外，复述又是对判断的复习、巩固，有利于以后知识的学习。

②理解技巧

如前所述，理解是影响自学效率的重要因素。为提高理解能力我们有如下一些行之有效的理解技巧。

A. 举例具体化

这就是说当一个判断不好理解时，就用具体内容代替其抽象的内容，如在理解牛顿 – 莱布尼茨公式 $\int_a^b f(x)\,dx = F(b) - F(a)$ 时可把其中的 $f(x)$ 用 $x/2$ 代替。

B. 比喻形象化

人们对于直观形象的东西总是容易理解，而比喻（打比方）又是形象化的主要手段之一。因此通过对难理解内容打比方，可大大加快理解的进程。比如我们在理解 C 语言中函数的全局变量和局部变量时，可以用"国家统一的法令和地方自己的法令"作比。

C. 类比初级化

这是通过类比的手段把无限的化为有限的，高维的化为低维的，复杂的化为简单的，生疏的化为熟悉的。比如爱因斯坦提出的"有限无界"三维宇宙模型难以理解，我们可以把它类比成二维的球面，球面是有限（$S = 4\pi r^2$）但无边界的，从而易于理解。

D. 因果意义化

当弄清一段材料内部的因果关系后，对这段材料也就不难理解了。至于意义化，我们知道，有意义的材料是易于记忆的，同时也是便于理解的。例如，电磁场理论中有个公式：电动势 $\varepsilon = nBS\omega\sin(\omega t)$。我们在推导该公式时 B、S 是无关的，但在此式中我们可以把 BS 意义化为磁通量 Φ，无疑这是利于理解的。在自学中我们可以把无意义的东西设法化为有意义的，从而便于理解和记忆。

E. 多书参考法

对同一问题，不同的作者往往有不同的表述角度，自学时若参考多本书从多个角度去理解同一问题就容易多了，而这些角度往往又是互补的。

这是一个非常有效的技巧。

F. 不懂暂跳法

自学时由于没有教师在身边，难免遇到不懂的细节。如果它们不是非常关键，则不要因此而滞留不前，影响整体进程。这时可做下标记，过段时间回头再看，往往就较容易看懂。

上面论述了学习判断时的基本程序和理解技巧。当这些程序和技巧运用得熟练时，自学能力也就随之提高了。下面论述遇到推理过程时应如何面对。

（3）前已论及，大学理科具有基础性强和逻辑推理性强的特点，正是这两个特点决定了我们应当对得出判断的推理（证明）过程予以足够的重视。根据实际，我们有三种处理方式，见图5中①②③。

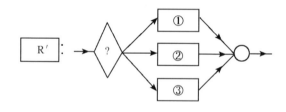

图5　遇到推理时的具体自学程序

①需自己推出的

这部分推理不仅要求我们在自学时能看懂作者的思路，还要能自己亲手推出。这属于要求较高的一种，是针对那些最基础的定理的。通过亲自推导，就会对该定理的得来有着明晰的把握，更易记得牢固，而某一课程中最基本的一些定理是必须记牢的。这属于自学过程中用得不太多的一种对待推理的方式。

②只需看懂作者的

有些推理过程我们只需看懂作者的论证思路，这样既可知其所以然又可节省时间。这需要读者有一定"贯通思维"的能力，即在看作者的推理过程时能有效地调用旧知识，并联系本课程相关内容，融会贯通，以旧知新，融新于旧。这属于自学过程中用得最多的一种对待推理的方式。

③可以跳过不看的

这部分推理过程或者本身不完善，或者没必要深究，或者超出了自己当前的理解能力和知识深度，因此只需记住其结论而对其导出过程完全跳过。这属于自学过程中用得较少的一种对待推理的方式。

以上论述如何对待一个判断的推理过程。学生往往因为看不懂一些推理过程而踟蹰不前，大大影响了自学的进程，这就要求学生根据不同的推理和实际特点采取不同的策略，并不断提高自己的"贯通思维"能力，这样自学能力才会随之提高。

3. 关于"粗2"

经过了"Body"中"精"学的过程，我们应当再次回到"粗"。这里的"粗2"与开始的"粗1"不同，是对"粗1"大致脉络的优化。如果说"Body"是把书读厚的过程，"粗2"则是把书读薄的过程。这里的"粗"是指把概念、判断按内部逻辑关系有机组织起来形成的清晰的知识网络、框架和结构。知识结构的意义可概括如下。

（1）知识结构的建立可以使我们从宏观上把握知识，这符合由分析再到综合的认知规律。

（2）知识结构是简单和强有力的，使材料更好理解和记忆，使"记一个，提一串"成为可能。

（3）知识结构的建立便于正迁移，即有利于知识间的融会贯通和交互利用。

至于如何建立知识结构，我们可以自觉增强利用知识网络从整体上把握知识的意识，在学完每一章节、每一课程后通过总结、提纲、列表、框架等方式建立。

（二）运用知识

现在开始论述如何运用知识。如果说学习知识是由精到粗地建立信息库存储到磁盘上的过程，那么运用知识则是建立信息处理系统，将信息库中相关内容调到内存中，结合当前题给信息使之接受处理的过程。运用知

识主要表现为解题。这里的"题"指一般意义上的问题或课题，不仅仅指通常说的习题或试题。具体过程如图 6 所示。

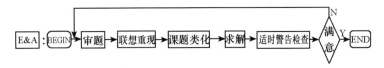

图 6　运用知识的基本程序图

1. 审题

审题也叫分析问题，只有在对问题感知的基础上积极思维，提取信息库中的知识才可能完成。审题要求通过深入分析，由已知看可知，由所求看须知，挖掘隐含条件，增加透明程度，抓住关键问题，排除干扰因素，理出思考头绪，初定解题方向。

2. 联想重现

解题的本质就是调用旧知识解决新问题。联想重现就是调用旧知识的过程。通过联想在大脑中重现相关知识，相当于把信息从磁盘调到内存，随时备用。

3. 课题类化

调用旧知识解决新问题的实质是把新问题不断向旧知识转化、建立起新旧之间的桥梁的过程。课题类化就是把当前的课题纳入"联想重现"中调出的已有的知识系统中去。如果实在不能类化，往往就标志着新知识诞生了。

4. 求解

有了以上的准备，就可进一步确定解题方向和解题方案，然后进行求解。求解的过程往往是由粗到精的过程，即先确定一个大致的方案，然后细化；先确定解的一个大致的范围，然后精化。与学习知识时的"由精到粗"的过程正好相反。

5. 适时警告检查

这是一步验证、纠错的程序，是解决平时思路不正确，解题过程错误和粗心大意的有效手段。有了这一步，不仅能对最后的答案检查、验证和修订，还能在整个解题的过程中时时敲响警钟，大大降低犯错率。当最终的答案通过检查验证令人满意时，解题结束；否则回到"审题"，重复进行，直至最终完美解决。

为了总结、充分利用解决后的问题，提出以下程序，如图7所示。

图7 解决问题后的总结程序

其中"一题多反"指对解决后的问题多反思，包括用到什么知识，哪些没有掌握，思路如何想出，等等；"一题多解"指对同一问题寻求多种解法并找出最优方案；"多题一解"是看哪些问题有同一种解法，这实质上是归纳出一类问题；"一题多变"是指对该问题改变条件、改变所求和交换部分条件和所求，看又当如何解决；"一题多评"是指对该问题及其解决方案进行评价，指出其优劣和改进方案，这是培养创造力的重要方法。

以上简要论述了自学的第二个环节——如何用知识解决问题，提供了学以致用的基本程序。下面将论述自学的最后一步程序——复习。

（三）复习知识

这属于知识的巩固和强化。对于通常的复习方法这里不做论述，仅重点讨论如下两个问题。

1. 高效自学复习的特殊性

高效自学是快速有效地自学，其快速性要求我们在巩固知识时不再是通过在漫长的运用中自发复习的传统方式，这就使及时复习的必要性增加了。这时更应注意对刚建立的概念和学到的判断自觉、及时地复习，否则就会陷入"学后面忘前面，忘前面无法学后面"的恶性循环。

2. 大学理科复习的特殊性

由于大学课程学一科、结一科的特点和大学理科基础性强的特点，我们既不能学一科、丢一科，也不能认为用到时会自动复习而不主动复习。因此我们提出"自觉复习"，即修完该课程后要在遗忘之前有意识地复习。这样投入时间少，收效大。

上述（一）（二）（三）讨论了自学的三大基本程序。应该强调的是，在实际自学过程中它们是密切联系的，往往交织在一起，难以绝对区分。

二、自学的几项原则

（一）学用结合原则

边学边用（练）有利于对知识的快速理解和掌握，对高效自学至关重要。

（二）五重原则

五重指重概念、重所以然、重结构、重思想和重应用。

1. 重概念

由于概念在学习中的"细胞"作用，我们不得不重视对概念的透彻把握。重概念还指重视概念（如微积分）的形成过程，关注历史上人们是怎样一步步提出和完善某一概念的。这对发展创造思维很有裨益。但重概念绝不等于死抠专业术语，比如在学习 C++ 语言面向对象的理论时，不要被其繁多的概念吓住，从实际应用的角度看这一理论并不复杂。

2. 重所以然

大学理科的基础性强和逻辑性强的特点决定了我们不能只背结论，还应探究其导出过程。背结论会立竿见影，但对大学理科而言，这是一种缺乏远见的自学方式。

3. 重结构

当我们将概念、判断学习到一定程度后，就应自觉地探究各部分内容之间的内在关系，建立起清晰的逻辑性强的概念和判断框架，亦即知识结构。将概念、判断放在这个结构中，理解才会深刻，记忆才会牢固，应用才会灵活。知识结构没有建立，概念、判断学得再好仍是一盘散沙，难以用完整的知识理解新知识和解决综合性问题，不利于知识体系的优化和解决问题能力的提高。

4. 重思想

大学理科的内容始终反映着两条线，即基础知识和思想方法。没有游离于知识之外的思想，同样也没有不包含思想的知识。如数学中的优化思想、模型思想，研究微分方程解时的"猜想→顺推→修正"思想等。思想方法是我们形成认知结构的纽带，是知识化为能力的桥梁，是培养应用观念、促成创造思维的关键。思想寓于知识之中，自学知识的同时必然会接触到思想方法。但仅满足于对思想的自发认识是不够的，应当在自学时自觉地去挖掘大学理科课程中的思想方法。对知识的学习不应代替对思想的学习，不应当只关注解题技巧，更重要的是揣摩在概念的发生过程、判断（定理）的形成和导出过程以及思路的探究过程中所展现出的思想方法。经过自学中长时间大范围的潜移默化，不仅会提高自学能力，还将有利于提高创造能力。

5. 重应用

这是学以致用的原则。如学完"线性代数""概率"等课程，可再看些线性代数的应用、概率的应用等书籍，并在生活中（如购买彩票时）尝试用这些知识来分析解决问题。通过应用，不仅有助于灵活掌握所学的知识，对于提高自学兴趣和解决实际问题的能力也有十分重要的意义。

（三）分类侧重原则

大学理科的基础性和大学课程科目多且修一科、结一科的特点，使大学生难以在学好某一课程后时时保持对该课程内容的熟悉。因此在自学时应当把最基础的概念和判断掌握好、且记牢；对于其他的内容，要在自学时深入研究，但只侧重学习的经历和探究的过程。这样在用到该课程内容时就可很快地化之为熟悉的内容，从而实现高效的目的。

综上所述，本文分析了大学理科的特点和影响自学效率的因素，并借用程序化方式，引用形式逻辑学的一些基本概念和方法，按照"学→用→习"的顺序，论述了针对大学理科的基本自学程序，提出了若干保证高效自学的原则，从而初步构建了一套自学系统。

参考文献

［1］张大均. 教育心理学［M］. 北京：人民教育出版社，1999.

［2］章泽渊，陈科美，钱颖. 教育心理学［M］. 北京：人民教育出版社，1993.

［3］诸葛殷同，张家龙，周云之，等. 形式逻辑原理［M］. 北京：人民教育出版社，1982.

［4］钱学森. 关于思维科学［M］. 上海：上海人民出版社，1986.

［5］林毓锜. 大学学习论［M］. 西安：西安交通大学出版社，1987.

［6］董守文，张华，李雁冰. 成人学习学［M］. 东营：中国石油大学出版社，1994.

［7］温寒江，连瑞庆. 发展形象思维与培养创新能力的理论研究［J］. 教育研究，2001（8）：45－49.

［8］王富平，鲁秋香. 学生创新行为的评价［J］. 宝鸡文理学院学报（社会科学版），2001（4）：100－103.

［9］周莉. 学习方法论［J］. 内蒙古民族师院学报（哲社版），1994（1）：79－82.

注：写于2003年，原载于《辽宁师范大学学报（自然科学版）》2003年第26卷。这是我发表的第一篇论文。

高等数学学习建议

女朋友的小弟刚上大学，向他姐诉苦高数难学，女朋友让我给他说说，写了几条，顺便发过来，高手们甭看了。我承认高数难学，但不代表难就学不好。

高等数学与高中数学相比有很大的不同。从内容上看，主要是引进了一些全新的数学思想，特别是无限分割逐步逼近、极限等；从形式上讲，学习方式也很不一样，一般都是大班授课，进度快，老师很难个别辅导，故对自学能力的要求很高。具体的学习方法因人而异，但有些基本的规律大家都得遵守。具体列在下面：

书："课本＋习题集"（必备），因为学好数学绝对离不开多做题（跟高中有点像）；建议习题集最好有本跟考研有关的，这样也有利于为将来可能的考研做准备。

笔记：尽量有，我说的笔记不是指原封不动地抄板书，那样没意思，而且不必非单独用个小本，可记在书上。关键是在笔记上一定要有自己对每一章知识的总结，类似于一个提纲，最好还有各种"题型＋方法＋易错点"。

上课：建议最好预习后听听（其实我是不太听课的，除非习题课），听不懂不要紧，很多大学的课程都是靠课后结合老师的笔记自己重新看。但记住，高数千万别搞考前突击，绝对行不通，所以平时你就要步步跟上，尽量别断层。

学好高数＝基本概念透＋基本定理牢＋基本网络有＋基本常识记＋基本题型熟。数学就是一个"概念＋定理"的体系（还有推理），对概念的理解至关重要，比如说极限、导数等，小弟你既要形象地理解它们，也要熟记它们的数学描述，不用硬背，可以自己对着书举例子，画个图看看（形象理解其实很重要），然后多做题，在做题中体会。建议你用一支彩笔专门把所有的概念标出来，这样看书时一目了然（定理用方框框起来）。

基本网络就是上面说的笔记上总结的知识提纲，也要重视。基本常识就是高中时老师常说的"准定理"，就是书上没有，在习题中我们也可以总结一些可以当定理或推论用的东西，这些东西不正式但很有用，比如各种极限的求法。

好了，这些都做到了，高数应该学得不会差了，至少应付考试没问题。如果你想提高些，可以做些考研的数学题，体会一下，其实也不过如此。

还可以看些关于高数应用的书，参加一下数模竞赛等。数学本来就是从应用中来的，你会知道真的很有用（不知你学的什么专业）。

最后再说说怎么提高理解能力的问题（一家之言）。

（1）举例具体化。如理解导数时，举个例子，如$f(x) = x^2 + 1$。

（2）比喻形象化。就是打比方，比如把一个二元函数的图形想成邻家女孩头上的草帽。

（3）类比初级化。比如把二元函数跟一元函数类比，把泰勒公式想成二次函数。

（4）多书参考法。去你们图书馆借几本不是一个作者写的高数教材，虽然讲的内容都一样，但不同的作者对同一个问题表述的角度往往不同，对你来说，从很多不同的角度、例子理解同一个问题，就容易多了。Just have a try！

（5）不懂暂跳法。对一些定理的证明、推导过程等，如果一时不明白也没关系，暂时放过，记下这个疑点待以后解决就可以了。

说了这么多也不知哪些对你有用，对了，还有要多问，问同学问老师都行，弄会才是目的。如有什么问题，给我留言。

注：写于2004年。应女朋友的小弟之请而写。

CLEAN 检测思想与东门修车师傅

众所周知，CLEAN 方法是信号检测领域中一个很著名的方法。其主要思想是，对于存在很多分量的信号，由于强度大的分量对强度小的分量的影响，强度小的分量往往很难被检测出来。于是，与同时检测这些分量不同，CLEAN 思想是先检测出强度最大的那个信号分量，然后把这个分量从总的信号中滤除，再对剩下的信号再进行检测，接着检测剩余信号中强度最大的分量，然后滤除……这样循环进行，直至把所有的信号分量都检测出来。

科学的思想大抵是相通的。今天去科大东门补自行车的后胎（呜呼，为这个坐骑我已累计投资超过 ¥100）。打气后不久车胎就变瘪，车胎似乎破得比较严重或者漏气的地方太多。东门修车的那个师傅把车胎充气后，部分地放入一盆水中检测漏气的位置，很容易就检测到了一处。这时，他立刻把车胎放气开始补这个漏气处。我想他应该再继续找一找还有没有其他漏气的地方再补吧，否则不是还会漏气吗？只见他补完那个漏气处后，重新打足气，再把车胎放到那盆水中继续检测，所幸没有发现其他位置漏气。我恍然大悟，这不就是 CLEAN 检测思想吗？原来连修车的师傅都懂！显然，当漏气大的地方漏气的同时再想把其他漏气位置检测出来是有难度的，不如把先检测出的那个漏气最明显的地方补好，再继续检测其他漏气位置，这样效果就好多了。

我相信，科学上纷繁芜杂的方法归根结底总是源于一些简单的生活和哲学思想。

注：写于 2006 年 5 月。

近体诗格律总结

近体诗包括五绝、五律、七绝和七律。五绝和五律近体诗的基本句型是仄仄平平仄、仄仄仄平平、平平仄仄平、平平平仄仄。七绝和七律的句型在上述每句前加上平仄与原句头两字相异的两字即可。例如，平平仄仄平平仄。每两句组成一组，这两句的平仄要相对；一组的后一句与下一组的前一句要"粘"，即平仄要基本相同。

近体诗若完全按上述句型写自然不会出问题，但实际中往往不能完全遵守上述句型，因此就有了变通，即所谓"一三五不论，二四六分明"。事实上只做到这点并不行，因为有时还不够，而且第"六"字也可以不"分明"（需拗救），这常常让人感到困惑。图1是我对所有上述情况进行的总结。以七律为例，且只考虑其每句的后五字（前二字无影响）。

孤平：一句后五字中无"平平"（大忌，七律只看后五字）。一般可本句自救，例如"｜－｜｜－"第二字犯孤平，则把第三字的仄声换成平声变为"｜－－｜－"即可。由"⊙｜－－｜"三、四字任一变仄导致的孤平可在对句用"⊙－－｜－"救。

三平尾：一句末三字全为平声。可按标准句型补救。

三仄尾：一句末三字全为仄声。可按标准句型补救。若"－－｜｜｜"，则可在下句用"－｜｜－－"救。

五律和五绝：首句仄收（末字为仄声）的较多，其他奇数句末字必须仄，韵脚多为平声（五律必须押平声韵）。

七律和七绝：首句平收（末字为平声）的较多，其他奇数句末字必须仄，韵脚多为平声（七律必须押平声韵）。

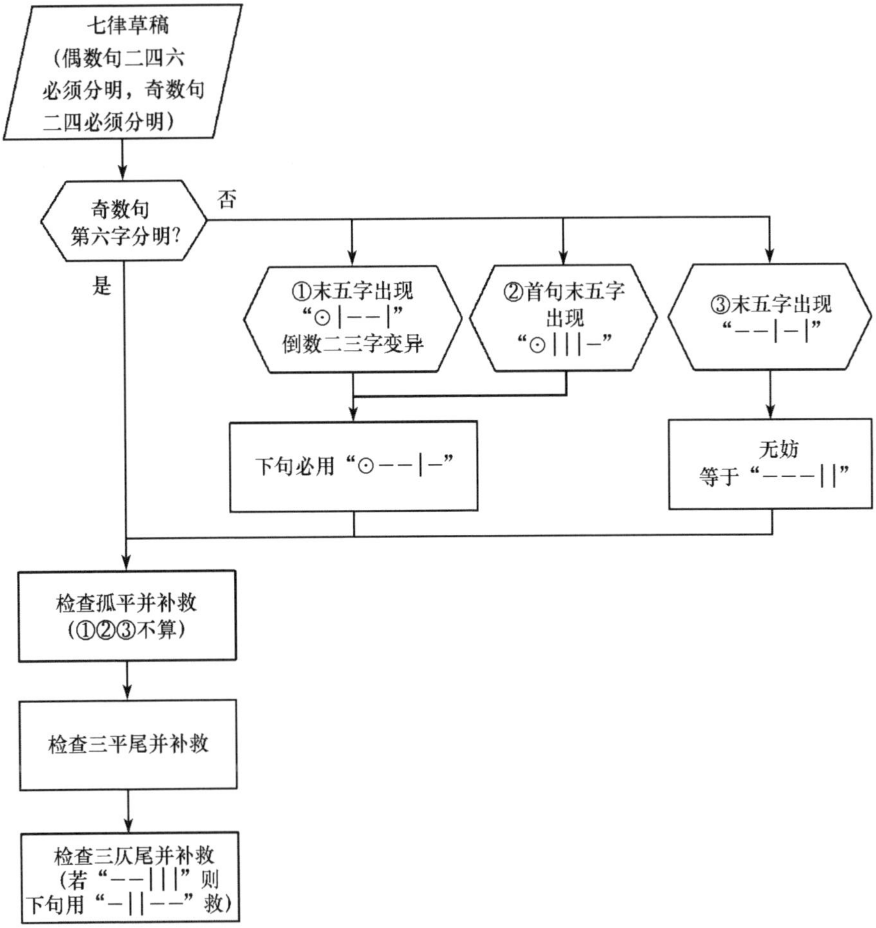

```
┌─────────────┐
│   七律草稿    │
│ (偶数句二四六  │
│ 必须分明，奇数句 │
│  二四必须分明) │
└──────┬──────┘
       │
       ▼              否
   ◇───────────┐──────────────────────────────────────────┐
   │ 奇数句      │                    │                     │
   │ 第六字分明? │                    │                     │
   ◇───────┘                        │                     │
       │ 是                          │                     │
```

①末五字出现 "⊙|－－|" 倒数二三字变异	②首句末五字出现 "⊙|||－"	③末五字出现 "－－|－|"
下句必用"⊙－－|－"		无妨 等于"－－－||"

```
┌─────────────────┐
│  检查孤平并补救   │
│  (①②③不算)      │
└────────┬────────┘
         ▼
┌─────────────────┐
│  检查三平尾并补救  │
└────────┬────────┘
         ▼
┌─────────────────┐
│  检查三仄尾并补救  │
│ (若"－－\|\|\|"则  │
│ 下句用"－\|\|－－"救) │
└─────────────────┘
```

－.平声字；\|.仄声字；⊙.可平可仄。

图 1 七律近体诗格律总结图

注：写于 2007 年 11 月，发表于"中国诗词文学"论坛。

三十六计巧记口诀

"三十六计"是根据我国古代卓越的军事思想和丰富的斗争经验总结而成的兵法，是中华民族悠久的文化遗产。为了便于熟记三十六条妙计，人们总结了一些口诀。但是，这些口诀或者并不完全押韵，或者意思过于牵强，或者破坏了原计结构，或者内容烦琐，不能达到速记、趣记的目的。笔者运用择字组韵联想记忆法，重新进行了总结。口诀如下：

金门道远薪水重，过海救人待火声。

客假上屋偷槐花，笑观羊仓无李红。

玉环肉走人间空，抛砖擒虎贼魂惊。

归来朝见天子日，人救贼擒立奇功。

口诀中加点和线的字分别对应如下：

混战计：金蝉脱壳、关门捉贼、假道伐虢、远交近攻、釜底抽薪、浑水摸鱼。

胜战计：瞒天过海、围魏救赵、借刀杀人、以逸待劳、趁火打劫、声东击西。

并战计：反客为主、假痴不癫、上屋抽梯、偷梁换柱、指桑骂槐、树上开花。

敌战计：笑里藏刀、隔岸观火、顺手牵羊、暗度陈仓、无中生有、李代桃僵。

败战计：连环计、苦肉计、走为上计、美人计、反间计、空城计。

攻战计：抛砖引玉、欲擒故纵、调虎离山、擒贼擒王、借尸还魂、打草惊蛇。

该口诀反映了如下故事情节：数名山贼准备把藩国献给皇上，把貌胜玉环的女子李红劫持到金门岛上当压寨夫人。皇上指示，金门道路遥远，要给救人的武林高手以很重的薪水。他们经过讨论，计划以鞭炮声为号一起过海救人。首先派了卧底扮成山贼的客人进一步侦察美女的藏身之处。客人假装上屋偷槐花，看到山贼用老虎把守的羊仓中并没有李红，不禁窃笑（藏在其他地方就好救了）。在探清贼窝之后，高手们果断行动救出人质，将"玉环"暂时送到海角天涯隐居，人间仿佛变空。同时抛砖擒虎，山贼魂都惊飞只得束手就擒。武林高手立下奇功，胜利归来朝见天子。

注：写于 2010 年 11 月。

博士课题研究方法总结

博士课题研究过程中主要采用了以下研究方法：

一是科学问题导向。

科学问题是带有课题特殊性的一般数学、信号处理或雷达问题。论文始终围绕合成孔径雷达（Synthetic Aperture Radar，SAR）微动目标探测中的科学问题进行研究，例如，如何抑制杂波，如何检测，如何分离动静目标信号，如何估计正弦调频信号参数，如何成像，有何难点，受何影响，性能如何等，论文对上述问题一一进行了解答。

二是信号处理与数学推动。

雷达信号处理领域科学问题的解决可以分成五个级次，分别是雷达波形体制级、问题描述转化级、信号处理级、数学级和跨学科级。在雷达波形体制固定的情况下，信号处理和数学是解决雷达问题的有力手段。一方面，论文将科学问题转化为信号处理或数学问题进行解决，例如，将微动频率估计转化为正弦调频信号处理问题，将成像转化为数学中的逆问题；另一方面，力图将新兴的或重新受重视的信号处理和数学工具主动应用到论文研究中，例如，将 Legendre 多项式成功地应用到 SAR 成像中。

三是其他学科借鉴。

跨学科的研究成果往往对本学科具有意想不到的作用。笔者注意到了鬼影与脉冲串之间的相似性，将原本用于脉冲串脉冲重复周期（Pulse Repetition Interval，PRI）估计的 PRI 变换首次应用于鬼影检测，取得了良好的效果。

四是六级流程保证。

学术研究可以分为六级流程：现实直观特点查询→物理学术特性分析→建模描述→转化类化→求解检估→实测验证。例如，论文在研究地面旋转抛物面天线目标时，首先查询了其在 ALMA 计划亚毫米波干涉阵、"霍克"地空系统、"蒙日号"测量船、"远望"舰船、"嫦娥"工程、××雷达、××导弹系统等中的应用和几何、尺寸、机械及运动特点，据此建立

CAD 模型，根据电磁计算数据分析了其雷达散射截面积、距离像、时频分布和二维像特性，并用"微动－滑动型散射中心模型"进行描述，将模型参数估计进一步转化和抽象为数学中的逆问题并寻求解决之法，最后通过实测数据（暂时采用电磁计算数据）进行验证。

五是归纳推断证明。

例如，通过对方位和距离向的速度和加速度与相位误差之间既有关系的分析，结合不完全归纳法推断得出了锯齿规律，最终用严格的数学推导进行了证明。

六是理想实验辅助。

旋转抛物面天线属于典型的滑动型散射中心模型，为了便于理解滑动型散射中心，受著名的伽利略理想斜面实验启发，设计了"三球转台成像理想实验"。以小球为理想点目标作为参考，其中一个小球位于大球球心且与大球互不影响，这在实际中当然是不可能做到的，但却具有说服力，清楚地显示了大球（滑动型散射中心）成像的不同特点。

七是特性先验开采。

若将雷达问题转化为纯数学或纯信号处理问题，对雷达专业的学生来说实际上不具有任何优势，因为数学和信号处理毕竟不是其强项。因此，笔者充分利用问题的雷达背景，在初值估计、先验开采方面开展了具有特色的工作，利用微动目标图像特征进行了初值估计。特性先验的加入实际上为纯数学和信号处理问题的解决提供了新的信息，在理论上效果也会更好。

八是抽象升华统一。

在研究微动目标检测－成像联合实现时，将微动和传统 SAR 运动目标指示中的匀速运动，以及散射中心估计中的理想点/属性/滑动型散射中心模型进一步融合和抽象，建立了统一的 SAR 任意运动任意散射目标观测模型（Fredholm 方程），从而奠定了 SAR 目标检测－成像联合实现理论框架的基础。微动目标成为这一框架下的特例。

注：写于 2011 年。节选自作者博士论文《合成孔径雷达微动目标指示研究》。

工科博士生科研创新的技巧与创新能力培养

博士研究生教育是国家最高层次的学历教育。在我国尤其是院校，大量科研成果和科研项目都是博士生在导师的指导下完成的。因此，培养博士生的创新能力非常重要，其意义无须赘述。

与文科和理科博士生不同，工科博士生的创新有其自身的特点。工科博士生面临各种各样的科学或工程技术等实际问题，他们从事的课题研究就是将这些实际问题升华到理论层面，抽象出新的科学问题，对这些问题建立适当的模型进行描述，继而提出新的算法、思路和思想。可以说，科研创新贯穿工科博士生课题的始终。目前，对于博士生的创新教育，大量文献都是从科研体制、学科设置、培养模式等外部因素进行论述[1-5]。不过，内因是事物变化的最终依据，外因也要转变为内因才起作用。因此，本文将从博士生自身的角度论述科研创新的技巧以及如何培养创新能力，并给出笔者在国防科技大学空间电子信息技术研究所完成的雷达信号处理方面部分创新的实例。

一、创新的反思

近年来，创新一词被过度地放大和炒作。实际上当现有的方法和技术满足不了完美解决实际问题的需求时，创新就自然而然地出现了，创新并不需要刻意而为。事实上，创新应满足如下三个要素。

（一）有意义

有意义是对人们从事任何工作的要求，当然也包括创新。此处的有意义主要是指有实用价值（至少在不远的将来看），也就是说所提的方法性能更好、成本（如运算量和存储量）更小，或者所发现的问题对学科的发展有推动作用。这也是国外高水平期刊对学术论文的重要要求。虽然科学本身的意义在于求真，并不追求功用，但是作为工科博士生，仍要把有意义作为创新的指导思想，不能浪费宝贵的科技资源去做无意义的事情。这对近年来国内不少研究生出于发表论文的需要，费尽九牛二虎之力对原有方法做些微不足道的改进却导致运算量大大增加的现实，尤其具有警示意义。

（二）有新意

有新意是创新的必备要素。包括两层意思：问题新或方法新。前者是指研究的问题是自己发现和提出的，前人未曾研究，至少是没有系统明确地研究。例如，我们曾提出用装在飞机或卫星上的雷达对地面微动目标（如旋转天线）进行探测和成像的问题，并称之为微动目标指示，这一问题即前人没有研究且传统的动目标指示方法无法解决，因而具有新意。后者是指用于解决或解释问题的方法、思想、思路前人没有采用过，或者是对前人方法在性能或成本上有所改进。对于工科博士生，虽然提出重大原创性方法非常不易，但也不能总是低水平低层次地重复前人的工作。事实上，对于工科除原创性创新外，下列创新也应看作重要创新：第一次将数学、信号处理和跨学科的方法移植引用到本学科，第一次将多个方法进行合并，第一次研究大问题中的某个子问题，或者方法有较大改进。就新意强弱性看，我们认为由强到弱依次是：问题新方法新、问题旧方法新、问题新方法旧、问题旧方法旧。

（三）可行性

创新的第三个要素是可行性。正如李开复博士指出，任何创新都要考虑在现有条件下的实施问题，如果利用了所有可以利用的资源、条件，仍然无法让某个创新成为现实，那么，再新颖、美妙的想法，也只能是空中楼阁[6]。例如，曾有人提出"月载合成孔径雷达"，从原理上讲，月球也是一颗绕地球转动的卫星，而星载雷达是可以对地球上的物体进行成像的，不过从实际技术水平和成本上看是天方夜谭，当然不排除以后有可能实现。

因此，当提出一项创新时，应考虑为何他人没有提出来，是不是下面几个原因：

（1）别人未遇到：别人没有发现或注意创新者面临的问题。

（2）别人未想到：别人没有想到用这种方法，或者即使想到也难以得出结果。

（3）别人不屑做：该创新过于简单。

（4）别人认为不必要：虽然是新方法，但效果没有明显优势。

（5）别人认为不可行：太难或者成本过高，难以实现和实用化。

二、创新的动机和动力

排除政策性和功利性因素以外，我们认为工科博士生创新主要是受如下的动机和动力激励。

（一）内部动机

（1）完美主义：追求"多快好"，算法的功能要多、速度要快、效果要好。（2）懒惰思想：追求"省"，算法要节省时间、存储和成本。

（二）外部动力

（1）需求牵引：主要指应用需求和缺点导向。例如，2007年我们发现传统的用诱饵欺骗雷达的方法在推导中存在错误，从而提出了一种新的对反辐射导弹多源诱偏干扰的建模方法[7]。（2）技术推动：对于从事雷达信号处理的工科博士生来讲，主要是指数学推动、信号处理学科推动和交叉学科推动，这些学科新出现或重新受重视的技术往往会促成本学科的创新，例如，我们曾将数学中 Legendre 多项式引入雷达成像中，取得了较好的效果[8]。

上述动机和动力同样可为新想法提供启发，如常去用户单位调研获取新的需求，或逐项列举算法的缺点和待完善之处，据此提出新的算法，又如保持对相关学科的关注，随时把其中的新技术引入本学科之中。

三、创新的分类和技巧

我们把创新分为问题创新和方法创新两种，对每种创新方式结合自身的体会总结出相应技巧。

（一）问题创新

问题创新指发现和提出新问题。人们常说，提出正确的问题往往等于解决了问题的一半。因此对工科博士生来讲，提出新问题的能力非常重要，新问题往往预示着一个新的学科方向的诞生，也更容易在这个领域做出开创性工作。在每年国家自然科学基金中标项目中，这类项目占有相当大的比重。发现问题虽然没有固定不变的程序和普遍有效的方法，但确实存在一些可能的甚至有效的途径、一些有启发性的视角和方法[9]。其中常用的方法有以下几种。（1）横向比较。如将不同的雷达成像算法进行比较会发现各有优缺点，则可提出"某一算法怎么改进使之也具有另一算法优点"的问题。（2）纵向考察。如考察雷达发展的历史，了解其发展规律可以提出"雷达怎样更加智能化"这一问题。（3）实践验证。对算法或模型用实测数据进行验证会发现其中的问题。（4）应用观察。可以根据用户对所开发系统的反馈提出问题。（5）抽象概括。将生活、社会和工业应用中出现的具有相似特征的问题进行概括，抽象成科学问题。（6）移植应用。将某一领域的理论移植到另一领域，如将医学成像理论应用到雷达成像中，会发现诸多问题。（7）极限推广。将有一定适用条件的现有理论进行推广会发现问题，如通过考察牛顿理论在物体近光速运动条件下的适用性问题而诞生了相对论。（8）反向提问。如根据干涉雷达可以测高，则可提出"已知地物高度又可反推出干涉雷达的什么信息"这一问题。

（二）方法创新

方法创新指提出或改进用于解决特定问题的思想、方案、算法或流程。从新意程度上，可以分为原创型、改进型、引用型和分析比较型四种。分析比较型创新要分析和比较既有方法性能、应用边界条件、应用技巧和注意事项等，这些具有重要的科学价值。对于雷达信号处理专业，方法创新一般可分为如下五级：雷达波形体制级、问题描述转化级、数学级、信号处理级、跨学科级。其中，有特色的创新是针对特定的问题从雷达波形体制或问题描述转化方式上寻找突破；基本的创新是根据纯数学的推导得出有物理意义的结论；一般的创新是引用型创新，即直接把数学或信号处理工具拿来用一下；高级的创新是完全不相干领域的启发移植，对双方学科均有促进。

对于一般的工科研究，我们总结了提出或改进新算法的六种技巧。

1. 简化分解

实际科研中面临的问题总是复杂的，因此，可以把原始问题简化或分解为若干个相对简单的子问题或子模块，先对各个子问题子模块进行研究再合成或推广到原问题的解。例如，在进行惯性导航仿真时，可以先令地球自转速率为0，调试通过后再推广到一般的情形；又如，在做雷达二维成像时，一般把数据分解到两个一维上分别处理，即"二维解耦"。

2. 求反求逆

求反求逆即逆向思维，利用多个事物的相对性或对单个事物时空逻辑求逆取反，在时域、空域、频域、状态、关系、流程等方面反向而为之。如由吹尘器到吸尘器，由物质到反物质，由电生磁到磁生电，由降维到升维（如用于目标分类的支撑矢量机）等。在雷达领域这种方法也很常见，如成像算法取反，即得回波仿真算法；干涉合成孔径雷达可以测量地物高度，若已知地物高度，则可反过来确定雷达的位置；合成孔径雷达利用雷达运动、目标静止可以成像，由此产生逆合成孔径雷达，即目标运动、雷达静止。擅于利用这一工具有助于提出非常奇妙的想法，如在雷达中一般有降低旁瓣处理，而抬高频谱旁瓣则可获得超分辨的效果；常有带宽外推法实现超分辨，而降低带宽则有助于解决距离徙动问题。

3. 变换转化

将问题转化为已解决问题，或通过数学变换转换到另一个容易解决的域，是常用的创新技巧之一。例如，烧水原理。在水壶无水时要烧水，需要先把它装满水再打开炉子去烧；若水壶已装满凉水，则烧水的方法是把水倒掉，重复水壶无水时的步骤。这是一种通过"转化"来解决问题的思维方式，在解决比烧水更加复杂的问题时就显示出优势来了，在工科创新中常会用到。"变换"在工科尤其是信号处理领域具有特殊含义，如傅里叶变换、沃尔什变换，实际上各种变换在数学上是统一的，都是信号本体在各种空间的不同呈现方式，如同一排士兵从侧面看是一个人，从正面看是多个人一样，利用变换可以进行大量的创新。

4. 类比移植

通过类比把其他学科甚至生活中的现象移植到本学科中，往往会取得意外的效果。仿生学即是如此。该技巧和简单引用型创新不同，它往往对双方学科均有促进作用。例如，由蝙蝠到雷达，由鸟叫声到雷达中的线性调频信号，由大脑到神经网络分类器，由遗传学到 DNA 计算和用于优化的遗传算法，由蚂蚁觅食到蚁群算法，由蝗虫搬家到交通疏导，等等。这种创新方式要求工科博士生必须具有广泛的兴趣、丰富的知识和深厚的数学功底。

5. 优势融合

优势融合有时也称组合式创新，即将多种算法进行综合，最终的算法表现出原算法的优点而没有其缺点。杂交水稻即是如此。例如，对于工科中常用的时频分析，线性时频分析法时频聚集性能差但不存在交叉项干扰，双线性时频分析法则相反，因此有人将二者结合提出时频综合方法，既可以获得较高的时频聚集性能又不受交叉项干扰。这种思想在现实生活中也常常用到。例如，北京奥运会开幕式《歌唱祖国》即是林妙可漂亮外形和杨沛宜空灵声音的结合，张艺谋导演的《三枪拍案惊奇》即是悬疑和喜剧的结合。我们已养成每看到两个以上并列方法立即想到能否将其结合的习惯。

6. 抽象统一

科学本身崇尚简单，工科博士生的任务之一就是通过归纳概括从纷繁芜杂的现象中提取本质，抽象为少数的概念，用统一的形式对形形色色的规律进行描述。这一思想与简化分解恰好相反，是由分析到综合的自然结果。我们认为，简化分解是人们对事物认识不深时的必然选择，而随着认识的深化，人们将充分了解原来各模块之间的耦合关系，从而为一体化和抽象统一提供条件。抽象统一有利于实现系统论中"$1+1>2$"的效果。例如，爱因斯坦的统一场论试图将自然界四种作用力进行统一；普朗克将辐射公式在长波和短波下进行统一；麦克斯韦则是将电磁场用统一的微分方程组进行描述。我们曾把针对不同背景的杂波模型统一为一致的模型[10]，原有模型只是统一模型在不同参数下的近似，取得了较好的效果。

以上六大技巧以简化分解开始，以抽象统一结束，概括了工科最常用的创新技法，希望对工科博士生创新教育有一定的启发。

四、创新的培养

除了创造更利于创新的培养机制和环境，以及具备必要的科学和人文精神等非智力因素，我们认为工科博士生自身应重点从如下几个方面培养创新能力。

（一）增强求源意识

不仅要知其然，知其所以然，还要知其所以源，在研究既有的理论和算法时应重点思考别人当初是怎么想出来的，重点学习他人创造的过程而非结论。

（二）夯实理论基础

对于博士层次的工科研究生，深厚的理论基础必不可少。综观所有理论上的重大创新，其创新者无不需要这一基础，如神经网络、遗传算法、蚁群算法、压缩传感等都要具备深厚的数学功底，否则即使有想法也难以把它培育成创新的大树。对于工科博士生，应主要从数学、物理、信号处理等方面不断夯实自身的理论基础。

（三）拓展知识广度

知识面狭窄是创新的大敌。多数重大创新都是受不相干领域的启发而做出的。例如，蚁群算法的提出者 Dorigo 虽是工科博士生，但对动物行为学怀有浓厚的兴趣。具体说来，应当培养如下领域的知识或技能：人文、跨学科和自然社会生活。其中人文素养不仅可以为科学研究提供直接的灵感和思路，而且所训练出的直觉、形象、宏观、辩证等思维对工科的研究也大有裨益。例如，苏东坡《前赤壁赋》中"盖将自其变者而观之，则天地曾不能以一瞬；自其不变者而观之，则物与我皆无尽也"，体现出了静止永恒与运动变化之间深刻的辩证关系，启发我们在系统的变化中寻找相对的不变，从而提出了雷达跟踪滤波器"暂稳态"概念[11]。又如，哲学中的唯心论固当批判，对科学研究却有启发。唯心可视为等效，即从对人的影响的角度等效地看待外部的世界，如果某事物没有影响则等效为将该事物视为不存在。有时，等效比实际更有用，雷达中的"散射中心""等效速度"就是这样一些虚拟的、实际并不存在却更有用的概念。跨学科的知识则可通过学术交流、文献浏览等获得，首次借鉴或引用到本领域即构成创新。我们曾将遇到的问题类化后去交流并获得了启发，将原本用于脉冲串重复周期估计的 PRI 变换引用到本领域的正弦调频信号参数估计中，获得了较好的效果。经常浏览相关甚至无关学科的文献是增加跨学科知识的另一捷径。一位院士曾说："我就养成了每周必定去图书馆浏览最新期刊的习惯，几十年如一日……决不遗漏一期，直至今日。"此外还应留心观察自然社会生活中的各种现象。如模拟蜘蛛捕食可解决最短路径问题，观察修车师傅检查车胎多处漏气时常用的水泡法则可提出信号检测中常用的 CLEAN 思想。

（四）训练思维

应当有意识地训练并熟练运用概念、判断、推理、分析综合、顺推倒溯、归纳演绎、类比联想、抽象具体、分类比较、猜想验证、穆勒五法，以及系统论、信息论、突变论、黑箱论、历史论和策略论等思维技巧。

（五）培养创意思维

创新思维的培养是项专门的课程，包括破除定式、多视角思考、直观想象等，不再赘述。

五、结束语

工科博士生是我国高校和研究机构的中坚力量。针对我国工科博士生创新能力不足的现状，对创新进行了反思，讨论了创新的动机和动力，结合自身的创新实践从问题创新和方法创新两方面总结了工科常用的创新技巧，并针对工科博士生的特点对其创新能力的培养提出五项建议，希望对我国博士生创新教育有所启发和促进。

参考文献

［1］肖鸣政. 博士生创新素质的教育与培养［J］. 学位与研究生教育，2005（8）：1－4.

［2］彭明祥. 工科博士研究生创新能力的培养［J］. 学位与研究生教育，2007（S1）：22－23.

［3］孙华. 博士生创新能力培养：一个观念—制度的分析框架［J］. 学位与研究生教育，2007（4）：62－66.

［4］郑晓年. 切实加强博士生的创新性培养［J］. 中国高等教育，2002（22）：31－32.

［5］黄丽萍. 对培养研究生创新能力的思考［J］. 中国科教创新导刊，2008（17）：73－74.

［6］李开复. 做最好的创新［EB/OL］.（2009－06－16）［2010－11－18］.

http：//blog. sina. com. cn/s/blog_ 475b3d560100dnjy. html.

［7］邓彬，秦玉亮，王宏强，等. 一种对反辐射导弹多源诱偏干扰的建模方法［J］. 系统工程与电子技术，2007，29（6）：874 – 877.

［8］DENG B, QIN Y, LI Y, et al. A novel approach to range doppler SAR processing based on Legendre orthogonal polynomials ［J］. IEEE Geoscience and Remote Sensing Letters，2009, 6（1）：13 – 17.

［9］张掌然. 问题的哲学研究［M］. 北京：人民出版社，2005.

［10］任双桥，刘永祥，黎湘，等. 广义相关 K 分布杂波建模与仿真［J］. 自然科学进展，2006, 16（6）：776 – 780.

［11］王宏强，秦玉亮，刘记红，等. 非线性系统中目标跟踪的"暂稳态"分析［J］. 信号处理. 2008, 24（2）：290 – 293.

注：写于 2011 年 3 月，原载于《高等教育研究学报》2011 年第 1 期。

"目标特性"与"目标特征"的区别及联系

按照《辞海》和《现代汉语词典》定义，特性是指某一事物自身所特有的性质，对应英文 Characteristic。特征是指一事物异于他事物的特别的征象、标志，对应英文 Feature。其他区别如下：

（1）特性是指内在属性；特征是指外在表现。

（2）特性是固有的、整体的、全面的，反映内涵；特征是临时的、具体的、代表性的，反映形式。

目标特性主要研究目标自身的物理特点和规律，包括尺寸特性、质量特性、材料特性、运动特性、温度特性等，及其与外界环境相互作用的机理和规律，如不同温度下的辐射特性，不同电磁波照射下的散射透射特性、光学特性等。目标特征则研究目标可供识别的特点或参数，如弹道导弹和诱饵的质阻比特征、中心矩特征。其他区别如下：

（1）目标特性侧重于对目标内在本质机理的研究；目标特征侧重于对目标表观特点的研究。

（2）目标特性经常与计算、测量、分析相关，更多地偏科学和学术，比较基础和通用；目标特征经常与提取、识别等词连用，偏技术和实用。

（3）探测应用多关注目标特性；识别应用多关注目标特征。

（4）目标特性研究为散射求解正问题；目标特征研究为逆散射求解反问题。

从目标特性出发，可以推导未知的目标特征，也可以对已知的目标特征进行解释。实际中，广义的目标特性研究还包括目标特性如何获取，以及获取后在传感器上的表现规律如何（如回波起伏特性、成像特性），同时一定程度上还涵盖对目标特征及其提取的研究，具有丰富的内涵。

注：写于 2012 年。

教学骨干清华大学培训总结

在学院首长精心设计和亲切关怀下，由学院党委统一部署、机关带队，各系所教学科研骨干于 5 月 22 日赴北京，在清华大学继续教育学院开展为期一周的培训。

一、培训基本情况

培训课程共计 56 学时，重点包括"一流大学规划与发展""高校人才培养与教育改革""从教学看管理与服务""媒体生态变革与校园舆情管理"等理论课程，同时安排了"传承革命精神，学习先进思想""伟大征程——庆祝中国共产党成立 100 周年特展"等社会实践活动（表1）。课程既涉及了教学科研、人才培养等与本职工作密切相关的方面，也包含了高校管理、规划发展、国际科技局势分析等宏观方面的内容；既有如何做好教学科研、人才培养等专业技能提升相关的经验分享，也有如何提高自身领导力、判断力、执行力等关键素质能力的有效方法；既有知识经验的传授交流，也有人文精神的熏陶感染。内容丰富、精彩纷呈。

授课专家团队由国家教学名师、清华大学部分学院党委书记和院长、清华大学"新百年教学成就奖"获得者、新华社资深记者等组成。授课以习近平新时代中国特色社会主义思想为统领，以清华大学教育教学改革、课程建设、管理服务等方面的做法、成果、经验和思考为主要内容，以教学双方在教学科研等方面的交流、探讨、借鉴、创新为目标。

表1　培训课程

日期	课程	主讲人/授课地
5月23日	媒体生态变革与校园舆情管理	李新民，新华社经济参考报总编室执行主任、高级记者
	国内国际科技形势与格局	赵博士，科技部中国科学技术发展战略研究院研究员
5月24日	院系组织运行的思路与实践	吕志刚博士，清华大学机械工程系党委书记，机械工程学院党的工作领导小组组长
	一流大学规划与发展	王晶，清华大学发展规划处副处长
5月25日	高校人才培养与教育改革	柯炳生，中国农业大学原校长
	从基本概念到学术前沿——如何做好研究性教学	段远源，清华大学能源与动力工程系教授
5月26日	卓越领导力与高效执行力	刘田，主要研究领导力、执行力、企业文化、团队建设、管理沟通和激励
	新雅书院——清华大学通专融合培养制度新探索	曹莉，清华大学外语系教授，新雅学院副院长
5月27日	现场教学	清华大学艺术博物馆
	工科核心专业课中的价值传承	邓俊辉，清华大学计算机科学与技术系教授
5月28日	领导者的价值判断力、创造力与思维的飞跃	殷雅俊，清华大学航天航空学院工程力学系教授
	从教学看管理与服务	李俊峰，清华大学行健书院院长，航天航空学院教授
5月29日	伟大征程——庆祝中国共产党成立100周年特展	首都博物馆
	传承革命精神，学习先进思想	香山革命纪念馆

在整个培训期间，学院机关在做好服务保障工作的同时，积极组织大家开展课后分享、"圆桌讨论"等研讨交流活动，激发参训人员主动思考和深度思考，切实保证参训人员能够最大限度地消化吸收每天的学习内容。此次培训的经历对于参训人员认清教学科研育人的发展规律、提升教学科研育人能力是一笔宝贵的财富。

学院政委在国防大学进修期间利用休息时间来到培训班和大家一同进行课程学习、分享心得、讨论问题，就管理服务、人才培养交流意见看法，参与社会实践。政委以实际行动垂范，激励参训人员以习近平强军思想为引领，抬头看世界、摇头看友邻、埋头谋创新，努力学习、立足本职、借鉴先进，争取为学院的教学科研工作多做贡献，并在培训班结业式上为学员们颁发结业证书。通过培训，参训人员对于一流大学建设、高等教育和人才培养规律、发展规划制订与制度改革等方面有了新的认识，并提出若干建议，希望对学校早日建成世界一流高等教育院校有所裨益。

二、收获与体会

（一）极度重视教师教书育人的使命担当，用学术研究的思维开展人才培养

人才是高校最重要的产出，也是奠定高校地位的首要评价标准。清华大学在国内的顶尖地位正是由于培养了顶尖的人才，而不是因为出了顶尖的科研成果。清华大学对教书育人的重视达到了无以复加的程度，授课的老师中有四位是清华大学"新百年教学成就奖"获得者，反复强调"课比天大""教学与科研冲突时无疑保证教学"，这已成为清华教师的职业信仰。一位年轻老师碰到意外堵车导致学生考试开始时间延迟 1 分钟而被严重警告，取消优秀青年教师参评资格和年底职称评审资格；一位国家级教学名师在上课时间与项目验收冲突时，为保证不耽误上课，一天几度往返北京和上海。这些例子成为清华"课比天大"的真实缩影。清华大学倡导"教学也是学术，一切与促进教学有关的研究都是学术活动""科研过程是

学生不断学习、创造的过程，也是促进学生成长的一种教学方式""教书育人是教师的第一学术责任"。清华大学段远源教授在授课中指出，"教书育人是高校教师的根本性工作之一，眼看着学生的成长成材是教师职业荣誉感的重要来源"。授课的几位清华教师对教学的陶醉迷恋和课件细节的雕琢令人赞叹。清华大学梅贻琦校长曾经将学校比喻为水，师生比喻为鱼，教育就像小鱼尾随大鱼"从游"，非常形象地描述了老师教育学生的理想状态。

与之相适应，清华大学有着良好的尊师重教的传统。清华从校长到院系领导，基本都是双肩挑，都认同干部的第一身份首先是教师，习惯于互称老师而不是官衔，倡导做"大先生"。许多老院士、老教授都比较朴素，深入学生中间。清华大学高度肯定以教学为主的老师，在毕业典礼等关键时刻，邀请"清韵烛光教师""优秀班主任""新百年教学成就奖""青年教师教学大赛奖"等获奖教师坐主席台上，领导坐台下。清华设立了全部由学生评选的"我最敬爱的老师""良师益友"等奖项，获奖教师普遍认为其价值高于其他奖项。在学校和学生的两个层次上充分体现了对教学系列老师的尊重和爱戴，又激发了老师的教学热情。

（二）高度注重学生价值塑造与文化传承，用通专融合的思维推进通识教育

清华大学坚持"三位一体"的人才培养和教育理念，指出大学在人才培养过程中要始终恪守"价值塑造、能力培养和知识传授"三项基本要求，将"价值塑造"排在首位。清华老师在讲授课程的过程中，把价值观教育融入课堂，特别注重师德、师风的传承。"新百年教学成就奖"的获得者、计算机系邓俊辉教授说道："学生在毕业若干年后能够回忆起来的往往不是课堂上讲过什么内容，那些知识或内化了或淡化了，他们印象里最深的往往是课堂上老师的一些言语或行为习惯癖好、对人对事对学术的态度等场景性的东西。"邓教授还举例了章太炎、陈寅恪等老一代清华人在他们学生记忆里的样子，上课的内容早已模糊不清，但是他们的穿着习

惯、行为举止却还历历在目。授课教师对自己导师甚至清华历史上知名教授的治学轶事都如数家珍，"先生之风，山高水长"。这就是一种价值传承，教师自己在授课中所进行的工作不仅仅是知识传授，同时也是在以此为媒介，通过行为示范将家国情怀、科研精神、治学态度、价值追求直观地传递给学生。清华校长可踩着自行车和中途遇到的同样骑车的院士停下对话。教师始终站在学生的角度思考问题，只有这样才能真正使学生对老师满怀敬爱之情。每一届毕业的清华人对清华的感情终身难以割舍。

清华大学同时注意通过加强学生人文素养和通识教育实现文化传承。早在西南联大时期，学校就有一项硬性规定，文法学院必修一门自然科学，而不论文理工，学生必修中国通史、西洋通史、大一国文、大一英语等。梅贻琦说："通才为大，而专家次之。"作为我国本科教育的一面旗帜，清华本科推陈出新，在素质教育基础上建立以"通识教育为基础、通识教育与宽口径专业教育相融合"的本科教育体系，实行住宿"书院制"，成立"新雅书院"。新雅书院副院长曹莉教授在授课中介绍新雅书院以"渊博雅正、器识为先、追求卓越、传承创新"为宗旨，以"跨学科学习、跨文明思考、跨专业交流"为导向，开展通识教育，促进文理相长，推动通专融合，加强学科交叉。书院围绕中国文明史与人文经典、西方文明史与文明经典、大学古代汉语等建设一批突出文理基础、文化内涵的高质量通识核心课程，培养具有远大抱负、人文心智、科学精神和专业能力的精英，成效斐然。

（三）充分了解尊重大学实际和教育规律，用理性专业的思维推行改革规划

教学改革要真正尊重教育规律和认知规律，真正以学生为中心推行改革，而不是为了教改而教改，更不应反复折腾学生。授课老师之一的中国农业大学原校长柯炳生教授任校长期间提出"不改是正常的""改革要有充分的理由"，防止"瞎折腾"，采取的对学生不设任何门槛"自由转专业"的措施取得了良好的成效，被评为最受学生喜爱的大学校长。

清华大学作为国内顶尖的高等学府，对全球前沿教育思想与理念主动追寻，敢于对教学制度和设计进行自我改革、自我突破、自我革命，主动求变，新雅书院副院长曹莉教授毕业于剑桥大学，深刻了解中西方书院的优长与问题。清华大学围绕人才培养目标进行长远规划，进行不间断的体制机制创新，提出清华自身的发展理念、发展模式，引领全国、引领全球。在"一流大学规划与发展"讲座中，清华大学发展规划处王晶副处长以清华大学的学科建设规划发展为背景，阐述了学科建设的发展历程、发展规划与改革举措、战略规划与行动计划，以及清华大学的校园规划布局。王晶介绍清华大学的中长期自我定位和发展目标，发展目标是在 2050 年成为世界顶尖大学。2050 这个时间节点和世界顶尖大学的目标，既不过分求急求快，又保留了足够的挑战性，与"两个一百年"奋斗目标正好呼应。为了实现这一目标，清华把全球排名顶尖的大学作为参考定标，瞄准世界上最为前沿的思想与理念。清华在教育和科研的方方面面，都对当前的世界顶尖和所预计的未来世界顶尖做了充分和深入的研究，将高等教育和科学研究的各个维度分解为一项项客观化、可量化指标，并把清华与各指标当前世界顶尖水准的差距进行了细致的分解和剖析。大量调研国际一流大学的相关情况，并进行了翔实的数据分析和对比，结合国情、校情等实际情况，制定出规划，明确形成超越的目标对象、清晰的差距认知、具体的追赶步骤。目前清华大学发展规划处有 20 人专职的队伍，不是临时抽调匆忙应付，不但能保证规划的专业性和科学性而且能够保证规划的持续性和导向性，这应该也是清华的教育教学能够始终走在全国甚至全球前列的一个重要原因。

三、建议

清华大学作为我国顶尖学府，国家赋予她的使命是成为像耶鲁、哈佛、斯坦福等一样的世界一流大学。国防科大有自己的使命定位和办学特色，不能也无法照搬"清华模式"。我校地位特殊，没有明确具体对标国外哪所世界一流高等教育军事院校，军校的特殊性也决定了不能照搬照用世界一流大学的评价标准，学科影响力也难以用同行的标准量化和评价。尽管如此，结合此次培训的收获体会，我们向学校学院提出以下建议。

（一）提高教师综合素质，明确职业发展路径

清华大学教师能力较为全面，多岗位锻炼，多身份交融。授课教师博学多才，身上散发一种文雅气质，通过文化底蕴来潜移默化地感染学生，有的在工科课程中融入古典哲学和辩证思维，有的理工教师甚至能够同时开设"写作与沟通""硬笔书法"等课程。课堂教学做到"有高度、有温度、有深度、有广度、有精度"。建议我校成立教师职业发展规划机构，帮助教师明晰成长路径，建立分层次的教师培训体系，加速教师分类评价机制建设，建立常态化的培训机制，多元化增加来自部队、军工集团和长沙地区高校的授课教师来源。

（二）加强军工文化传承，推进特色人文教育

通识教育融合古今、中西、文理，用润物细无声的方式来塑造人格与价值，对于研究生、教员和管理人员同样具有意义，代表着未来高等教育的趋势，这样培养的人才必然对国家和民族的发展带来益处。建议面向备战打仗和"懂技术、会指挥"新型军事人才培养要求，发掘中华文明中的军旅文化和尚武传统，弘扬哈军工"因战而建、因战而兴"的传统和精神，围绕"文明、价值、真理、美感"着力加强文化传承和与人文教育。成立文化传承委员会，借鉴书院制精髓建设学员大队、研究生大队，不同类型和专业的学员混编。依托人文素质课和"湘江论坛"，邀请军队内外名师大家来校授课，课程范围拓宽覆盖科学史、方法论、科技哲学、逻辑、文学艺术创作、美学与鉴赏等。进一步系统性挖掘学院历史文化和资深教授治学育人故事，总结归纳前辈名师的优秀作风，编撰《院史拾遗》。发挥健在资深教授作用，为知名老教师举办纪念会，宣传老教师的故事和事迹，组织离退休老教授院史宣讲团，形成良好的传帮带和价值传承。营造军味浓郁、人文特色显著的校园文化，打造新兴媒体平台，提高学员的

文化素养和学校的文化品位，增强毕业校友对母校的认同。

（三）细化办学目标定位，凝聚形成共识合力

清华大学肩负率先建成世界一流大学的使命，目标定位相对明确，参考对标的麻省理工学院、斯坦福大学等国外名校也很清晰。对于我校而言，习主席训词和新时代军事教育方针为我校办学指明了大的方向，建议进一步细化分解办学目标定位，对学校的定位、阶段性和长期发展目标进行专门、长期、广泛的研究讨论，形成符合实际的、合理的、有预见性的成果，并总结形成精炼明了的"金句"，加强对广大教职员工的引导性宣传，起到凝聚共识形成合力的作用。

（四）科学拟定发展规划，掌握政策制定主动

清华大学发展规划处有一支专业从事发展规划论证的队伍，能够做到扎实调研、持续优化论证发展规划，同时参与起草教育部相关政策文件，教育部高等院校的发展规划很多时候受到清华专家的影响。建议我校成立发展规划委员会或组织学科规划方面的专门人才，在需要对学科和教学事务进行规划设计时，全面地指导和培训，从系统科学的角度培训老师做好自己所负责学科或者课程的培养方案、教案等的撰写工作。进一步了解北京大学等高校可资借鉴、具有可比性的人才培养模式及大学建设规划，并依托我校的特色优势，制定切实可行的发展规划与实施方案。在办学目标、培养理念、学科建设等大的问题上，由专职队伍进行深入论证，形成具有我军特色的、明确的、长远的、具体的发展规划，指导各个时期的发展。积极参与院校、军队、各军兵种、各部委规划的制定，与国家、军队重大需求"同频共振"。

（五）针对高知群体特点，激发人力资源活力

清华老师讲课有激情，能够十几年甚至几十年全身心地投入教学、科研和管理工作中，取得了令人瞩目的成果。清华并非没有会议，而是大型

会议必须通过校办发通知，教学研讨等年度例行会议在学期伊始即有具体的时间计划。建议借鉴马斯洛、安德鲁等管理学理论，按照能力强弱和意愿高低，有针对性地制定"四型"（指挥型、教练型、激励型和授权型）管理策略，综合利用制度创新和信息化手段，增强计划性，保证师生完整成块时间并适当"留白"，让全院教职员工尤其年轻同志放好心态，减少焦虑，沉下心来，沿着服务军队建设的主线，保持初心，踏实开展科研和教育教学工作。

注：写于 2021 年 6 月。

雷达科学的人文品鉴

"人文"一词最先出自《周易》："刚柔交错，天文也。文明以止，人文也。关乎天文，以察时变；观乎人文，以化成天下。"可见，人文与科学是一组相对的概念。人文包括：人文精神——悲天悯人、家国情怀，人文知识——文史美学、哲学逻辑，人文技能——想象思维、艺术创造。科学与人文的关系是一个古老的话题，钱学森、李政道、杨振宁都曾大力推动科学与人文的结合与相互促进，"期望达到与我们的时代和我们这一代人相称的智慧的顶点"。实现科学与人文的完美结合也是现代科学与教育的重要任务。

雷达伴随着人们对电磁波的发现和认识而诞生，并在二战中蓬勃发展，是电子信息系统集大成的体现。雷达研究不仅涵盖了技术、系统、工程和应用，还包含了电磁波与材料和目标的相互作用机理、目标特性及其在雷达传感器上的表现规律、系统体制与探测处理理论方法等，从而构成一门体系完备的科学学科[1]。雷达领域的创造发明离不开哲学思维和艺术熏陶，离不开人文精神和人文关怀，但目前相关研究总体尚属空白。剖析雷达知识体系中蕴含的人文元素，提高雷达科技工作者的人文素养，实现学科与个人的全面发展，无疑具有重要的意义。

一、雷达科学中蕴含的人文元素

雷达科学中蕴含着丰富的哲学、美学、文史等人文元素（图1），同时契合中华优秀传统文化的核心思想和价值，为我们开展雷达科学研究和人才培养提供方法论指导。

（一）雷达科学中的哲学

哲学是各门具体科学的概括和总结，科学离不开思维，因而科学也离

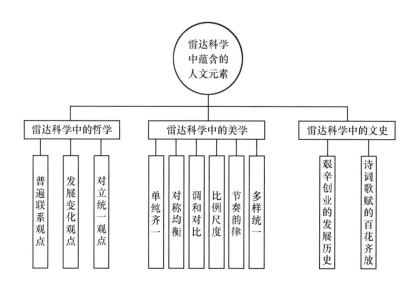

图1 雷达科学中的人文元素

不开哲学，雷达也不例外。以辩证唯物主义为代表的哲学"能为自然界中所发生的发展过程，为自然界中的普遍联系，为从一个研究领域到另一个研究领域的过渡提供类比，并从而提供说明方法"，"为自然科学本身所建立起来的理论提供了一个准则"[2]。马克思主义哲学深刻揭示了客观世界特别是人类社会发展一般规律，在当今时代依然有着强大生命力。西方社会并不信奉辩证唯物主义，但他们非常重视"实验验证"，汲取了培根实证科学和黑格尔辩证法的合理部分，其实也是在践行"实事求是"和"一切从实际出发"等辩证唯物主义的基本观点。辩证唯物主义主要包括辩证唯物论、唯物辩证法、辩证唯物认识论三大部分，分别揭示了物质与意识之间的关系、事物相互间的关系、实践与认识之间的关系。具体而言，普遍联系、发展变化、对立统一等唯物辩证法重要观点和中华传统哲学在雷达科学中有着具体的体现，对于提高雷达科学的认识和开展科学研究具有重要指导作用。

1. 普遍联系观点

事物是互相联系的，不能从单一角度看待问题，这是马克思主义的基本原理，同时也是雷达科学研究时不能忽略的重要因素。它启示我们，不能机械地、割裂地、孤立地看待雷达科学，以及雷达与其他科学领域的关系，要形成雷达科学的图谱，用"系统论"思维认识雷达科学知识体系及其与相关学科的关系。

（1）雷达功能之间的联系

从信号处理的角度看，雷达功能主要包括检测、估计、跟踪、成像和识别，它们之间存在着密切的联系，并且在本质上都属于参数估计。例如，目标检测与目标距离估计二者统一于对雷达回波信号峰值点的关注，前者在于寻找，后者重视位置。当检测与测距从单次获取变成每隔固定时刻都要获取一次时，跟踪的概念应运而生，它连续获得目标的位置信息，其基础就是要在每一时刻对目标进行检测和测距；虽然对于跟踪而言也具有检测前跟踪的方式，但是其在能量积累后，依旧无法回避检测这一问题。进一步，当检测与测距的关注点从目标整体转换到目标局部之时，提取到的目标信息便恰好构成了目标的图像，注意此处的测距也包含测角，也就是雷达成像；虽然雷达成像并非以此为原理进行推导，但不可否认的是，雷达成像恰恰就是在追求更高的分辨能力，也就是更小的可检测单元。此外，雷达成像方法尽管林林总总，但相互之间也存在着相互的联系，可以相互导出[3]（图2）。无论从数学、物理还是雷达的观点看，成像的本质都是逆问题的求解。无论传统成像方法还是参数化成像方法，本质上都是缘于第一类 Fredholm 方程求解这一广义卷积问题。传统方法与参数化方法之间没有不可逾越的鸿沟，它们统一于匹配滤波与共轭相乘的等价关系。从分辨率角度看，距离分辨和方位分辨在长孔径条件下甚至可以相互转化。

（2）目标特性、雷达系统及其之间的联系

目标特性主要研究目标自身的物理特点和规律，包括尺寸特性、质量特性、材料特性、运动特性、温度特性等，及其与电磁波相互作用的机理和规律。目标特征则研究目标可供识别的特点或参数，意味着特性在雷达传感器上的表现规律。雷达能够直接获取目标特征，并反演目标特性。从

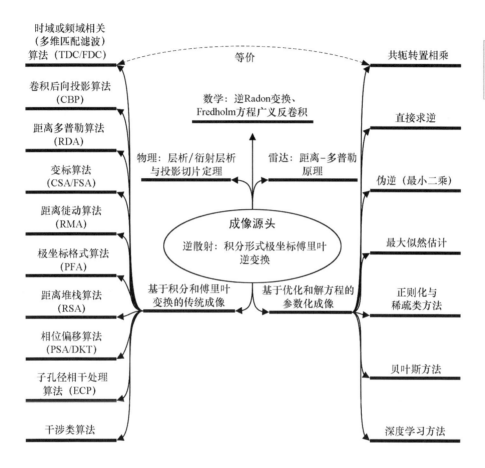

时域或频域相关（多维匹配滤波）算法（TDC/FDC）

卷积后向投影算法（CBP）

距离多普勒算法（RDA）

变标算法（CSA/FSA）

距离徙动算法（RMA）

极坐标格式算法（PFA）

距离堆栈算法（RSA）

相位偏移算法（PSA/DKT）

子孔径相干处理算法（ECP）

干涉类算法

等价

数学：逆Radon变换、Fredholm方程广义反卷积

物理：层析/衍射层析与投影切片定理

雷达：距离-多普勒原理

成像源头

逆散射：积分形式极坐标傅里叶逆变换

基于积分和傅里叶变换的传统成像

基于优化和解方程的参数化成像

共轭转置相乘

直接求逆

伪逆（最小二乘）

最大似然估计

正则化与稀疏类方法

贝叶斯方法

深度学习方法

图2 雷达成像方法之间的关系

本质上讲，雷达系统参数与目标特性要匹配[4]，这样才能获得最佳的探测性能。雷达系统参数之间也存在相互依赖、相互转化的联系，例如，功率孔径积、时宽带宽积、带宽孔径积等概念就反映了功率与孔径、时宽与带宽、带宽与孔径之间的相互依存、此消彼长关系。我国著名雷达专家梁甸农教授在20世纪就提出了"用系统带动信号处理"的雷达科学研究理念，在"系统论"思维指导下相继开创了雷达自适应抗干扰、超宽带、分布式卫星遥感等重大方向，为我国雷达技术研究做出了突出贡献。在早期开展太赫兹雷达及其目标特性技术研究时，针对我国太赫兹器件芯片普遍落后

的现状，我们提出用"系统集成弥补单一器件不足"的思路，取得了丰硕的成果。

此外，雷达领域还存在诸多"过渡区""一体化"现象，是普遍联系规律的客观写照，对于学科交叉创新也有很大的启发作用。例如，临近空间属于航空与航天之间的过渡，太赫兹频段属于微波与光学之间的过渡，粗糙面散射属于相干与非相干散射之间的过渡等。跳出雷达之外，"探测通信一体化""侦察打击一体化""制导引信一体化""组网协同一体化"等概念也从某种程度上反映了普遍联系这一重要规律的价值。

2. 发展变化观点

辩证唯物主义认为，客观事物处于不停的发展变化之中，静止是相对的，运动和发展变化是绝对的。古希腊哲学家赫拉克利特有句名言"一切皆流，无物常驻"；钱学森认为"任何尖端的问题，无非是自然现象，都离不开物质运动的基本规律"。这启示我们，要用动态、发展、变化的观点审视问题，要重视量变与质变、否定之否定，要分析利用导致发展变化的内因外因驱动，同时避免机械论和形而上学。在太赫兹频段雷达目标散射截面（Radar Cross Section，RCS）研究中，计算与测量是两大主要手段，由于目标表面粗糙度的影响，不存在标准解析解。这时，计算方法的精度基准需要依赖于测量，测量系统的精度基准需要依赖于计算，从而形成"先有鸡还是先有蛋"的"循环依赖"问题。这一问题就是靠计算与测量的交互式发展进步解决的。雷达科学发展受内部因素和外部因素共同驱动，前者包括方式、能力和资源，属于"供给侧"，后者包括目标、环境和任务，属于"需求侧"[5]。

雷达科学的发展集中地表现为渐进与飞跃的统一。雷达科学中各项技术的突破创新不是各个时期突然出现、截然分开的。以多输入多输出（Multiple-Input Multiple-Output，MIMO）雷达为例，这一概念最初由学者们在 2003—2004 年间正式提出，由此展开了国内外对 MIMO 雷达的技术研究并延续至今。但是这一概念并非凭空产生，从 20 世纪 90 年代开始，相控阵、数字阵以及软件化雷达技术便已经在蓬勃发展，多通道处理作为

MIMO 雷达的技术核心，也正是在这一时间得到了充分检验，并最终促进 MIMO 这一概念诞生。同样，深度学习前期也经历了机器学习的漫长发展和低谷期，并在后向传播、小批量梯度下降、GPU 算力等方面取得一系列微小的进步后才获得迅猛发展，历经"否定之否定"才迎来了"独步江湖"的质变。

3. 对立统一观点

对立统一规律是唯物辩证法的实质和核心。对立统一就是矛盾，在客观世界中无处不在，是事物发展的动力。世界上一切现象和过程，内部都包含着互相关联、互相排斥的对立方面。这两个方面既同一又斗争，由此推动事物的转化和发展（图3）。这启示我们，要善于认识和利用雷达领域的矛盾。

图3 对立统一规律充分体现在雷达领域中

（1）矛盾的普遍性与特殊性

雷达科学的发展中自始至终充斥着矛盾运动、存在着制约关系，这是矛盾普遍性的体现。雷达本身的发展来源于战争，却服务于和平。雷达中的矛盾从系统参数看，有带宽与灵敏度、功率与低截获、分辨率与不模糊范围、波束覆盖与天线增益等，在系统设计时意味着参数的折中和权衡；从观测场景看，有目标与杂波、信息与噪声、静止与运动、平稳与机动等；从功能任务看，有波形设计与波形综合、SAR 与 ISAR、运动与成像、干扰与抗干扰、识别与反识别等；从观测过程看，有电磁散射与逆散射、回波录取与特征反演、近场测量与远场变换。它们都统一于正问题与逆问题。正问题描述正常的物理变化或作用过程，由因及果；逆问题则是描述其逆过程，由果探因。

除了普遍性，矛盾还存在特殊性。毛泽东在《矛盾论》中指出："对于某一现象的领域所特有的某一种矛盾的研究，就构成某一门科学的对象。"在雷达领域了解矛盾、认识问题的过程中，要抓住特点、发挥特色，注意和利用特殊性。根据辛普森悖论原理，全面地看问题不等于简单汇总，具体问题应具体分析。例如，太赫兹雷达首先也是雷达，具备雷达的收发、变频、处理等属性，能够检测、成像。同时太赫兹雷达又具有自身的频段特色，如超大带宽、频率非线性、抖动敏感、大气衰减严重、成像高帧率、频段过渡、光电融合、指纹谱性等。这些特点对于探测而言既带来了好处又带来了问题。"特殊性"在一定程度上意味着先验信息，尽量多地挖掘利用先验信息可以有效把握矛盾的特殊性，启发科研创新，辅助问题求解。例如，经典的成像方法——线性调频变标法（Chirp Scaling Algorithm, CSA），即利用了线性调频信号这一特殊的信号形式实现了距离徙动校正；散射中心估计的 ESPRIT 方法则利用了问题模型的特殊代数结构进行矩阵分解，避免了似然估计中的定阶、局部最优等问题；贝叶斯方法通过对目标先验统计建模实现了问题的"正则化"从而获得稳定的解。

（2）矛盾的主次分析

矛盾具有不平衡性，也就是主要矛盾和次要矛盾，以及矛盾双方中的主要方面和次要方面。主要矛盾和次要矛盾相互影响、相互制约，并在一定条件下相互转化，在解决雷达信号处理中的问题时，既要把握主要矛盾，同时也应意识到主要矛盾不是一成不变的。在分析目标散射时，需要考虑镜面反射、物理光学一次反射、多次反射、绕射等多种散射行为，但以镜面反射和一次反射为主，存在主散射分量，其他散射行为一般可近似忽略；目标材料、形状等都会影响目标 RCS，但微波频段以形状为主，光学频段以材料为主。此外，主成分分析、奇异值分析也是抓住主要矛盾的体现。在目标跟踪时，当回波信噪比高于一定程度时，提升跟踪精度的主要矛盾是波形设计；而当信噪比低于一定范围时，跟踪精度则主要由信噪比决定。

（3）矛盾的相互转化

主要矛盾与次要矛盾，以及矛盾的对立面相互联系、相互依存，对立面之间相互渗透、相互贯通，在一定条件下相互转化。这启示我们，要辩证地看待雷达领域的技术优势与弊端，扬长避短、化劣为优。

雷达技术发展早期的主要矛盾是远程的探测需求与落后的器件水平之间的矛盾，从而驱动形成大功率磁控管雷达、单脉冲雷达、相控阵雷达等；后来主要矛盾在于精细化多样化的探测需求与落后的体制之间的矛盾，从而驱动形成合成孔径雷达、逆合成孔径雷达、MIMO 雷达、关联成像雷达等；近年来，主要矛盾突出表现在强对抗、精细化的探测需求与传统的器件形态之间的矛盾，正在驱动形成太赫兹雷达、量子雷达、单光子雷达、里德堡原子雷达、超材料雷达、计算阵列雷达等新的雷达样式。

主要矛盾不断发生变化，矛盾的主次也是相对的，某些情况可以相互转化，要一分为二地看待雷达的所有相关问题。例如，目标微动在合成孔径雷达图像上发生散焦，形成成对回波、条带等干扰，但恰可利用这一特性对 SAR 实施无源干扰，同时其蕴含了目标振动等重要特征信息；SAR 成像存在叠掩等几何畸变，造成图像理解困难，但叠掩、阴影又包含了目标丰富的 3D 信息，可作为建筑物等目标提取的依据；线性调频信号存在距离－速度模糊，但恰恰保证了多普勒不敏感；采样率不足发生信号混叠，但混叠在数据扭转（Data Turning）技术中具有独特的价值；太赫兹波功率小、大气衰减大、探测距离近，但在抵近探测、近炸引信、战术保密通信等领域具有极强的抗干扰能力；雷达作用距离也并非越远越好，否则更多的杂波容易包含和折叠进入目标所在的距离单元形成距离模糊。

4. 中华传统哲学观点

中华优秀传统文化中的儒、道、佛以及阴阳、五行等也为我们从更加宏观的视角认识雷达科学提供了思维工具。例如，王阳明"心学"观点认为"心外无物""心外无理",实际上意味着从"等效"的角度看待外部的世界，如果某事物没有影响则等效为将该事物视为不存在。有时，等效比实际更有用，雷达中的"散射中心""天线相位中心""等效速度""有效孔径""基线"等就是这样一些虚拟的、实际并不存在却更有用的概念。又如，《心经》言"五蕴皆空"，"五蕴"实际上提供了雷达观测目标的物理模型："色"——目标及其环境，"受"——雷达天线与射频，"想"——雷达信号处理，"行"——雷达制导控制，"识"——雷达波形认知。"一沙一世界，一花一天国；君掌盛无边，刹那含永劫"则为雷达全息成像提供了很好的注脚。

（二）雷达科学中的美学

美育具有多元价值和功能，是人的全面发展教育中不可缺少的重要组成部分。正如穆斯泰·伽里姆所说：科学探索大自然，艺术探索人的心灵。法国著名文学家福楼拜曾说过：越往前走，艺术越要科学化，同时科学也要艺术化，两者在山麓分手，回头又在顶峰汇聚。雷达科学中充满美学的思想和艺术的基因，从美学的角度认识雷达科学中美的元素和价值，感受力量与崇高，将对雷达专业人员的精神世界产生深刻而久远的影响，并有望激发出创新的思想。

尽管"情人眼里出西施"，但美学有其自身的法则和规律，美总是通过一定的形式表现出来。形式美揭示了美学的六个基本法则：单纯齐一、对称均衡、调和对比、比例尺度、节奏韵律、多样统一。

单纯齐一是最简单的形式美。单纯能使人产生明净纯洁的感受；齐一是一种整齐的美，如农民插秧，秧苗整齐。"反复"也属于"整齐"的范畴，是同一形式的连续出现。齐一、反复能给人以秩序感，在反复中还能体现一定的节奏。雷达中的波形在时域和频域的周期性重复、阵元的周期性排列、目标的周期性出现、栅瓣/鬼影的周期性分布、距离模型展开的锯齿特征、标准体及其 RCS 和图像的规则秩序与谐振曲线、雷达方程的简洁等，都给人一种单纯齐一的美感。

对称均衡能够给人一种安静的严肃美、平衡美，是一种和谐的美、圆满的美。建筑、绘画、诗歌、楹联、图章、书法等都讲究对称，以阴阳均衡概念为核心美。科学领域这种现象也存在，具体可表现为原子模型的对称美、麦克斯韦方程组的对称美等。在雷达领域对称美也普遍存在，Radar 单词本身左右对称，合成孔径雷达与逆合成孔径雷达在成像场景上完全对称，雷达成像距离向分辨率 $c/2B$ 与方位向分辨率 $\lambda/2\theta$、目标 RCS 和雷达天线方向图隐含着对称。对称均衡不仅满足了我们对于美的渴望，而且是刺激我们探寻潜在科学真理的重要指引，引导我们不断地探索新知。

调和对比使人既感到融合、协调又感到鲜明、醒目，是通过位置的上下、左右、高低、远近，形态的虚实、黑白、轻重、动静、隐现、软硬、干湿等多方面的对立因素来达到的。它体现了哲学上矛盾统一的世界观。对比就是使一些可比成分的对立特征更加明显、更加强烈。雷达目标特性研究中的散射中心理论，就是利用目标的强散射中心来表征目标整体的散射特性。强散射中心在整个目标中处于相对独立、散射贡献突出的地位，将各个独立的散射中心进行调和，就可以表征目标一定动态范围内的整体的散射分布。

比例是部分与部分之间、整体与部分之间、整体与周围环境之间的大小关系，尺度指物体实际大小与人印象中的大小之间的关系。雷达中的变速率信号处理、变标处理、Keystone 变换、小波变换等集中地体现了这种美。

节奏韵律是指音乐中音响节拍轻重缓急有规律的变化和重复，在此基础上形成一定的情感色彩。节奏感不仅存在于音乐之中，还存在于绘画、建筑、书法等艺术中。平面构成中单纯的单元组合重复易于单调，由有规则变化的形象或色群间以数比、等比处理排列，可产生音乐、诗歌的旋律感。例如，步进频信号的频率按照固定差值增加，涡旋电磁波波前螺旋式传播，这些变化形式都给人一种节奏美（图4）。

(a) 波束方向图

(b) 波前传播

(c) 相位分布

图4　电磁涡旋雷达呈现的对称与节奏美

多样统一是形式美的最高法则，即和谐。在科学中这种统一包含两种含义：一是理论与客观世界的统一；二是理论的逻辑结构的统一。微观世界的实在性可用量子力学统一起来，而薛定谔证明狄拉克的数理论和海森堡的矩阵理论都隐含在薛定谔的波动理论之中。雷达科学自成体系，从物理上讲覆盖了电磁波的生成、发射、接收和处理，从功能上讲涵盖了检测、估计、跟踪、成像和识别，从调制上讲包括了幅度、频率、相位、极化和波前调控。仅就成像而言，林林总总的成像方法统一为求解 Fredholm 方程逆问题，多样统一在雷达中得到了淋漓尽致的体现。

（三）雷达科学中的文史

雷达发展史凝聚着以麦克斯韦、赫兹为代表的先贤在电磁波探索与利用之路上的艰辛探索。新中国的雷达研究则因战而生、为军而盛，是我国高水平科技自立自强的典型缩影。新中国雷达发展史历经修配、仿制、自主研制、跟踪追赶、比肩超越的过程，凝聚着以申仲义、毕德显为代表的老一辈科学家自强不息的奋斗精神。国防科技大学前身"哈军工"是最早设立雷达专科、集中开展雷达研究的院校之一。20 世纪 60 年代，美国 U－2 侦察机加装了电子干扰系统，采用角度欺骗回答式干扰，使我军的地空导弹制导站追击它施放的假信号，很难引导地空导弹将真目标击落。郭桂蓉院士临危受命，成功研制 41 号抗干扰电路装配到地空制导站，成为当时国内唯一能对付转播和杂波干扰的有效技术装备，在我国的领土防空中发挥了重要的作用。梁甸农教授针对越南战场"百舌鸟"反辐射导弹使我雷达站一开机就被打的被动局面，成功研制干扰装置，使"百舌鸟"成了"瞎子"；梁甸农教授在花甲之年毅然开拓分布式小卫星雷达新方向并领衔973项目。陈芳允、黄培康、贲德、孙仲康等分别开辟了我国极窄脉冲雷达、雷达目标特性、机载脉冲多普勒雷达、数字化雷达等方向。可以说，老一辈雷达科技工作者形成的优良传统，是我们宝贵的精神财富。

如果说回顾雷达发展的历史能够为今天的雷达研究带来启迪，雷达与文学尤其是诗词歌赋的结合则可带来另外一番美的享受。学院原院长对学院以雷达为代表的学科进行了如下的描述。

北斗指月，凝望星河。电波扑朔，洞若观火。一叶菩提，一瞬万年。浩瀚宇宙，悉数眼前。雷达电抗，素为矛盾。子矛子盾，矛盾相长。惟吾矛利，洞穿强敌。惟吾盾固，御挫强敌。矛兮盾兮，攻也防也。瞬息之间，攻防尽变。万变其宗，悉在制权。夺控先机，唯有创新。人剑合一，攻防一体。布告天下，敬待英雄！

为配合《雷达学报》"雷达波形设计与运用"专刊征文，笔者撰写了《雷达波形赋》。

夫天地之间，二仪有象，四时无形。雷达百载以降，二战而兴。麦翁首功，赫兹居伟，仲义肇基，德显传继。观银屏闪烁，闻电波频传。非波形何以载物，微调制何以传情。天人合一，自古皆然，波物相配，智能赋之。《心经》云"五蕴皆空"，五蕴者，色受想行识也。色者为"目标"，受想即"认知"。值百年未有之变局，览大千胜状，审万象纷扰，何以应之？惟波形堪任，舍认知其谁？电波倏逝，人生须臾。知也无涯，求索无极。格物致知，即物穷理。家国忧思，制衡强敌。探微索幽，致远勾深。兴国强军，复兴在今。冀曲水流觞，共襄盛举；盼初心依旧，不负韶华。诸君勉之！时惟辛丑孟夏于潇湘。

在国防科技大学电子科学学院院歌中，也对雷达进行了诗意的描述："看天线旋转、荧屏闪烁，笑迎雨雪风霜；电波飞度、纵横天地，决胜未来战场。"为庆祝学院建院五十周年，我们邀请书法家书写了"北斗导航，经纬有数""雷达探测，天地可观"的楹联（图5）。为庆祝学校主办的第五届全国太赫兹科学技术与应用学术交流会胜利闭幕，我们用"电光石火，丝波倏逝，茫茫瀚海无涯"诠释太赫兹波（丝米波）研究的方兴未艾；为庆祝波前调制前视成像雷达试验成功，参试学生也以诗相贺："白水啊白水/小炒黄牛肉的香味/落日的余晖/夜晚的狗吠/沉醉沉醉……高温下的狼狈/抬不动的机柜/调不准的方位/成不出像的苦味/难为难为……科研攻关的乏味/深夜奋战的疲惫/都化作成功的欣慰/最爱的白水/再会再会……"

图5　"雷达探测，天地可观"楹联

二、人文素养对雷达科学研究的启示

科研中潜藏着丰富的哲学、艺术元素和思想，科研人员若具有一定的哲学、艺术素养，重视发挥类比、抽象、逻辑等思维方法，充分调动形象、联想、想象等思维方式，有意识地利用直觉、灵感、幻想，将会获得更多创造性的科研成果。钱学森曾说："艺术里所包含的诗情画意和对人生的深刻理解，使我丰富了对世界的认识，受到了这些艺术方面的熏陶。所以我才能避免死心眼，避免机械唯物论，想问题能够宽一些，活一些。"[6]

具体来讲，人文素养不仅能够为雷达科学研究提供思维方式和方法论，还能提供灵感想象和思路启迪。振动目标 SAR 成像的蝴蝶结现象、鬼影现象，圆环排布的天线辐射形成的电磁涡旋等都是雷达科学的艺术表达。艺术生活能够极大地丰富雷达科技工作者的科学想象力，能够表达科学美，科学与艺术的融合必将促进人类的进步和社会的发展。

人文素养还能够为雷达科学研究提供精神力量和思政情怀。在科研环境中营造浓厚的人文氛围，塑造人文精神，有助于为雷达领域科技工作者提供人格力量和精神动力。科研活动不仅需要科学观念、科学知识、科学方法、科学精神、科学道德的支撑和引导，还需要哲学观念、艺术修养、生活情趣的全面加持。雷达目标识别专家郭桂蓉院士每次回校总是带领大家齐唱《西游记》主题曲《敢问路在何方》，后来学院逐步形成电子铁军文化："心忧天下，敢问路在何方；志在高远，咬定青山不放；为国舍命，不破楼兰不还；众志成城，强军兴国建功"。在我国首个太赫兹目标特性与雷达探测领域国防 973 项目验收总结时，我们继续化用了这一典故"五年来花开花落，五年来几经寒暑。我们如'取经人'，在探微索幽的征途，觅得沧海骊珠；我们是'拓荒者'，沿科技兴军的道路，把那'空白'填补……"。而忽视雷达科学研究过程中的人文素养培养，必将导致人文丧失、情感匮乏、视野局限、思想呆板、思维定式，从长远看不利于科学研究的可持续发展和雷达科学文化的形成。

三、结语

科学与哲学艺术从本质上讲是一致的，共同基础是人类创造力，最终都是走向价值创造、精神塑造和信念升华。科学和人文是人类精神文化体系中的两个方面，是矛盾的统一体，科学精神和人文精神都是人的全面发展的内在组成部分。科学大师的人文修养令人景仰，提倡广大雷达科技工作者向大师学习却并非苛求。对大多数雷达科技工作者来说，人文素养的培养是提升自身能力与品位的重要途径。雷达科学中有人文，人文也是雷达科学研究的"助推器"。将雷达科技工作者的科学文化与人文素养有机结合并加以培育，可以唤醒创新灵感，提升宏观、辩证、直觉、形象和批判的思考能力，使科学与人文交相辉映，推动创新与价值的持续发展。

参考文献

［1］丁鹭飞. 雷达原理［M］. 西安：西安电子科技大学出版社，2014.

［2］中共中央马克思恩格斯列宁斯大林著作编译局. 马克思恩格斯选集：第二卷［M］. 北京：人民出版社，1972.

［3］邓彬. 太赫兹雷达成像技术［M］. 北京：科学出版社，2022.

［4］黄培康，殷红成，许小剑. 雷达目标特性［M］. 北京：电子工业出版社，2005.

［5］杨建宇. 雷达对地成像技术多向演化趋势与规律分析［J］. 雷达学报，2019，8（6）：669－692.

［6］钱学森. 钱学森讲谈录哲学、科学、艺术［M］. 北京：九州出版社，2013.

注：写于 2022 年 8 月，原载于《雷达学报》公众号。

《SAR 微动目标检测成像的理论与方法》前言

SAR/GMTI 技术是公认的探测匀速和匀加速运动目标的有力手段。然而，探测区域中往往还大量存在一些微动目标，如旋转的天线、振动的车辆引擎、悬停直升机的旋翼等。目标微动蕴涵着反映目标身份标识的精细特征，提取后对 SAR 图像解译非常有利。例如，通过提取引擎、履带或车轮的微动特征有望使 SAR 系统具备运动车辆识别能力。但是，目标微动使回波多普勒产生复杂的非线性或周期性微多普勒调制，导致 SAR 图像出现非对称畸变甚至"鬼影"。对此，传统的 SAR/GMTI 技术难以解决。

因此，近年来随着 SAR 和目标微动研究的蓬勃发展，两者的结合即 SAR 目标微动研究——包括 SAR 目标微动影响规律、SAR 微动目标检测成像等正逐渐成为遥感领域的热点，涌现出一批研究成果。其中，SAR 振动目标检测内容被 2008 年新出版的《雷达手册》第三版收录。作者所在的国防科技大学从 2006 年开始跟踪这一方向，并将上述研究统称为 SAR/MMTI；相继完成博士论文 2 篇，硕士论文 2 篇，引起学术界关注。其中，博士论文《合成孔径雷达微动目标指示（SAR/MMTI）研究》和硕士论文《双通道 SAR 振动目标检测与成像方法研究》2014 年被评为湖南省优秀学位论文。据 Google 学术搜索，2011 年《IEEE 地学与遥感汇刊》刊发的作者论文 *The influence of target micromotion on SAR and GMTI* 自发表以来每年增加引用 10 次以上。英国斯特拉斯克莱德大学和伦敦大学学院学者联合发表在 *EURASIP Journal on Advances in Signal Processing* 上的综述文章也对 SAR/MMTI 研究成果进行了着重报道。此外，2012 年美国太赫兹视频 SAR（ViSAR）计划发布，相关器件取得突破，SAR 工作波段有望从微波、毫米波波段拓展至太赫兹波段，波长变得更短，对微动探测更加有利，SAR/MMTI 理论方法研究和应用呈现出更加光明的前景。

本书就是在这一背景下完成的。主要以作者所在课题组的研究工作和原始论文为基础，兼顾国际国内其他单位的代表性工作，对 SAR/MMTI 技术进行系统地梳理和总结，介绍 SAR 在地面微动目标探测中应用的最新研究成果。在本书的研究与撰写过程中，作者得到了遥感领域诸多专家的帮助，在此表示衷心的感谢。感谢 SAR 经典教科书 *Digital Processing of Synthetic Aperture Radar：Algorithms and Implementation* 作者之一 Wong 博士的指导，并谨以此书纪念他。感谢黄培康、陈定昌、吴一戎、毛二可、王润生、粟毅、朱炬波、许小剑、焦李成等院士和教授提供的建议。感谢国家自然科学基金的持续资助（题目"基于散射/运动/先验联合的旋转天线目标 SAR 图像解译技术""基于稀疏贝叶斯方法的 THz – SAR 振动目标成像研究"），感谢国家杰出青年科学基金高分辨率对地观测重大专项的支持。另外还要感谢已毕业研究生朱厦和陈颖滨，书中也介绍了他们在攻读博士和硕士期间的相关工作。研究生苏伍各、吴称光、王瑞君、杨琪、蒋彦雯、高敬坤、陈硕参与了书稿的翻译校对工作，也向他们表示感谢。

《左传》中说，太上有立德、立功、立言，此之谓三不朽。作者不敢奢望"一书立言"，更不敢奢望在知识更新迅疾如电的时代"虽久不废、流芳百世"，但希望本书的出版能够为推动我国 SAR 目标微动研究起到一定的促进作用。由于作者水平有限，书中难免存在疏漏和不妥之处，恳请广大读者批评指正。

注：写于 2014 年 4 月。

《逆问题求解的贝叶斯方法》译者序

矛盾在客观世界中无处不在，正问题与逆问题（也称反问题）就是这样一对矛盾，一直在演绎着科学的传奇。最早接触逆问题，大约是在 15 年前。当时我们刚来到国防科大读研，有次开会导师讲，"雷达自动目标识别本质上属于数学上的逆问题，难点就在于所有的逆问题都敏感于初值"，给我们留下了深刻的印象。后来从事雷达目标成像和微动探测方面的研究，在攻读博士学位的过程中又大大加深了对逆问题的理解。也是在那时，我们了解到我国数学家冯康院士早在 20 世纪 80 年代初期就大力提倡和开展逆问题研究，对我国逆问题研究和实际应用产生了深远的影响。同时在他的兄长冯端院士《零篇续存》一书中，我们了解到冯康院士曲折的人生经历和学术生涯，惋惜之情一直挥之不去。

逆问题是指从测量数据中获取物理系统的内部结构或输入信息的一类问题，在战场信息感知与处理、地球物理、大气科学、生命科学等领域有着广泛应用。逆问题的典型特点是求解的病态性（不适定性）。给定数据条件下，改善逆问题病态性的唯一途径是利用先验信息。贝叶斯方法由于能够通过先验分布刻画先验信息，是处理逆问题最有效的方法之一，经典的正则化方法可视为贝叶斯方法的特例。与其说是方法，不如说它是一种思想、一个框架和一套工具，通过概率建模搭起了物理世界与数学的桥梁，实现了先验信息的充分挖掘和利用。尤其值得注意的是，作为一种统计学习方法，近年来贝叶斯方法与深度学习呈现融合发展的趋势，在人工智能技术快速发展的浪潮中占据重要的地位。尽管统计学习流派众多，且以卷积神经网络、生成式对抗网络为代表的深度学习方法在实际应用中取得了巨大成功，黑箱式的学习策略也避免了复杂的建模过程，但面对雷达等领域小样本数据仍处理能力不足，难以数学描述和解释。从贝叶斯概率视角描述深度学习具有很多优势，它从统计的视角进行解释，对优化和超参数调整存在更有效的算法。贝叶斯正则化还能寻找最优网络和提供最优偏差－方差权衡框架以实现良好样本性能。总之，贝叶斯方法通过先验的利用实现了"黑箱"的部分白化，代表着未来的发展方向。

《逆问题的贝叶斯方法》一书出版于 2001 年，是法国贝叶斯机器学习领域专家关于全面系统介绍贝叶斯框架及其在逆问题求解中应用的力作。该书最早用法语出版，由于参考价值较大，2008 年由 Becker 教授翻译成英文并在英国和美国出版。全书系统介绍了贝叶斯框架、原理、方法及其在逆问题求解中的应用，体系完整，基础性强，理论应用结合紧密，实例丰富，对于目标超分辨成像、识别等具有极高的参考价值。本书由英文版翻译而成，译者所在团队长期从事目标成像与探测识别、统计学习方面的教学和科研工作，将此书译成中文也算了却了一桩夙愿。

全书共分为四部分共计 14 章。第一部分为逆问题与病态问题，包括引言、病态问题的正则化方法、概率框架下的逆问题；第二部分为解卷积，包括逆滤波及其他线性方法、冲击脉冲串解卷积方法、图像解卷积方法；第三部分为逆问题工具高级进阶，包括吉布斯－马尔科夫图像模型、无监督问题；第四部分为若干应用，包括超声无损检测中的解卷积、大气湍流环境光学成像、超声多普勒测速仪中的谱特性、少数投影下的层析重建、衍射层析、低强度数据成像等。主要面向从事遥感、雷达、光电、水声、医学信号处理和图像处理的科研人员和高校研究生，对致力于数学应用的研究人员亦有一定的参考价值。

写书难，译书犹难。唐玄奘翻译佛经 70 余部，也只有一部全文 260 字的《心经》最为流传。由于本书经历了法语到英语的转换，部分语言晦涩难懂，翻译难度很大，前后历时两年有余。第 1、2、3、13 章由邓彬副研究员翻译，第 4、5、6、9、12 章由游鹏副教授翻译，第 7、8、10、11 章由罗成高副教授翻译，引言、第 14 章由曾旸讲师翻译，张双辉副教授参与了本书第 7、8、10、11 章的早期整理工作。邓彬负责全书的统稿和校对。尽管我们以"信达雅"为矩矱，但囿于水平，部分译文难免出现瑕疵谬误，尚希读者见谅。

本书的出版得到了国家自然科学基金、湖南省杰出青年基金和国家留学基金委提供的资助和支持。同时感谢伦敦玛丽女王大学陈晓东教授热情洋溢地作序，感谢段将军为译著题写书名。在翻译过程中，本书还得到了课题组杨琪博士和研究生张野、逄爽、汤斌、王非凡、江新瑞、郭超、马昭阳等在编辑校对方面的帮助，以及国防工业出版社陈洁编辑的支持鼓励，也向他们表示深深的感谢。希望本书的翻译和出版，能够对国内相关领域的学术发展和技术进步起到一定的推动作用。

是为序。

注：写于 2020 年 5 月。

《太赫兹雷达成像技术》前言

　　成像是指通过获取目标某种物理量的空间分布，从而感知其形状、尺寸等物理属性的技术。它具有极为悠久的历史，《墨经》就有光学小孔成像的发现与记载："光之人，煦若射。下者之人也高，高者之人也下。足蔽下光，故成景于上；首蔽上光，故成景于下。"雷达成像能够利用电磁波的反射或透射，获得金属散射系数或介质介电参数分布，具有全天时、全天候、高分辨率等优势。经过多年的发展，微波和激光雷达成像已取得了辉煌的成就。随着太赫兹技术的兴起，太赫兹成像技术也获得了蓬勃的发展。就其本身而言，太赫兹成像分为被动和主动两种，实现方式林林总总，本书主要关注主动和散射方式的太赫兹雷达成像。概括地说，太赫兹雷达成像具有时空频高分辨率优势：太赫兹频段能够视频成像，时间分辨率高；能够获取目标高频信息，细节更为丰富，且带宽极大，空间分辨率高；微多普勒效应显著，频率分辨率高。太赫兹频段位于微波和光学之间，太赫兹图像同时具有微波图像的散射中心特征和光学图像的面块纹理特征。因此，尽管受大气衰减和器件功率限制，作用距离有限，但太赫兹雷达成像在侦察制导、泛在感知、安检反恐、无损探测、汽车雷达等领域都有广阔的应用前景，作用距离的劣势在干扰等特殊环境下还能转化为优势。随着 6G 时代和芯片化射频时代的来临，太赫兹雷达及其成像技术将迎来更大的发展空间和利用空间。

　　作者所在的国防科技大学从 2011 年开始集中跟踪太赫兹雷达和成像这一方向，取得了一系列基础性、前沿性研究成果。本书以课题组的研究工作和原始论文为基础，兼顾国内外其他单位的代表性工作，对太赫兹雷达成像技术进行系统的梳理和总结，给出了大量成像结果和案例。课题组高敬坤、曾旸、张野、王瑞君、张永胜、苏伍格、吴称光、王鑫运、陈硕、刘齐、罗四维、刘李旭、彭龙等为成果的积累和本书的完成提供了重要帮助，甘凤娇、李晓帆、逄爽、陈旭、汤斌、王元昊、马昭阳、邓桂林、范磊、张振坤、梁传英协助完成了部分校对工作，借此机会对他们表示衷心的感谢。

本书的研究工作得到了原973/863项目、国家自然科学基金创新研究群体项目、重点项目、面上项目、青年科学基金项目、湖南省杰出青年基金项目等的支持，同时得到了东南大学、天津大学、电子科技大学、西安电子科技大学、厦门大学、中国航天科工集团有限公司207所、中国航天科工集团有限公司23所、中国航天科技集团有限公司504所、中国电子科技集团14所、中国科学院电子学研究所等合作单位的帮助，在此对他们表示感谢。感谢国家留学基金管理委员会和伦敦玛丽女王大学陈晓东教授提供的帮助。希望本书的出版能够为太赫兹领域相关研究人员提供有益的参考借鉴，能够为填补太赫兹研究空白尽绵薄之力。

限于作者水平，书中难免存在不妥之处，欢迎各位读者不吝指正。

注：写于2022年2月。

《我们一起走过的十三年》纪念册序

2004 年，应国际军事竞争太空拓展形势，适应国家重大战略需求和空间信息获取与处理学科发展要求，国防科技大学电子科学与工程学院空间电子信息技术研究所正式成立，后改名为空间电子技术研究所。一十三载栉风沐雨，携手并肩砥砺前行。研究所成立以来，坚持以国家和军队重大需求为牵引，同时面向国际学术前沿，在基础研究、预先研究、应用系统研制等方面取得了以国家科技进步/技术发明二等奖为代表的一大批自主创新成果，培养出以 973 首席科学家以及青年长江学者、长江学者、国家优秀青年基金和杰出青年基金获得者、全国百优论文获得者等为代表的优秀人才，谱写了一曲矢志担当、不辱使命的战歌，为实现强军梦做出了应有的贡献。

为响应国防和军队改革号召，开启改革强军新征程，学校学院于 2017 年进行力量整合与系所重组，研究所也走过了十三年不平凡的历程，胜利完成了时代赋予的光荣使命。这本册子记录了十三年来我们一起走过的日子，挑灯夜战攻关，披星戴月试验，神采飞扬讨论，激情潇洒投篮……一张张泛黄的照片，一幕幕温馨的往事，构筑成充满美好回忆的共同精神家园。忆往昔岁月峥嵘，话明朝前程锦绣。让我们秉持校训再度出发，不忘初心砥砺前行，继续谱写更加壮丽的强军篇章。

注：写于 2017 年 3 月。

《我们一起走过的十三年》纪念册后记

不论今朝事，独叙昨日情。今夕复何夕，把盏道心声。在改革强军的嘹亮号角中，在我们即将挥别过往拥抱未来、重整行装踏上新程之际，乃承全所众望出此纪念之册，欲铭记十三年来的光辉岁月，致那段综合楼前有缘相聚的无悔青春。千头万绪，诸多不易，终值丹桂飘香金秋之季玉汝于成。

纵观全册，化外形音容笑貌、内心人生感念之瞬间为永久。同侪集体大事典配之以合影，合人均一靓容汇集之以专页，间以诸君妙笔文英、丹青水墨。观此间一图，览此间一言，或辗然而笑，或心有戚戚，或感物伤怀，或怡然自乐，可记之念之，苟有动人心处，则此册裨益存焉。

师友同窗为此册诸多出力，联络组稿，编册诸节，竭尽全力。虽求尽美，然疏漏疵谬诸多遗憾亦恐难免，尚乞察谅。

嗟夫，新册来之不易，愿君珍之藏之、读之记之、悟之践之。他日相聚综合楼畔桂花树下、天高海阔玉石碑前，亦复可期。愿青山依在容颜未老，前途似海来日方长，诸君勉之！因为之记，俾后之览者，亦将有感于斯册也。

缘起甲申之秋，挥别丁酉之夏。抚今追昔，愈感聚也不易，散也不易。待及苍颜皓首，不负青春年华。借一阙《满江红》相赠诸君。

湘江远眺，岳麓顶，星蕴韶光。抬望眼，雁聚衡岳，桃李芬芳。橘子洲头观百舸，浏阳河畔看斜阳。曾记否、同学恰年少，意气长！

怀凤志，阅千卷。鼙鼓疾，斗志昂。熔炉锻神兵，一朝锋芒。明日请缨赴关山，跃马沙场又何妨。待归来、仍旧时少年，醉一场。

注：写于2017年9月。

第五届全国太赫兹科学技术与应用学术交流会欢迎辞

尊敬的参会代表：

金秋十月，丹桂飘香。在这万山红遍、层林尽染的季节，我们相聚在湘江之畔、洞庭之滨，相约在美丽的星城长沙，迎来第五届全国太赫兹科学技术与应用学术交流会的召开，在此对您的到来表示热忱欢迎！这里有千年学府岳麓书院，这里有三秋桂子十里荷花，这里有潇湘夜雨江天暮雪，这里有伟人故里大美韶山，愿您在这座山水洲城度过一段美好的时光！

全国太赫兹科学技术与应用学术交流会由中国兵工学会太赫兹应用技术专业委员会发起，并于 2012、2014、2016 及 2018 年分别在北京、上海和成都成功举办了 4 届，均产生重要学术影响。本届学术交流会议由中国兵工学会、国防科技大学主办，国防科技大学电子科学学院、中国兵工学会太赫兹应用技术专业委员会、中国工程物理研究院微系统与太赫兹研究中心联合承办，会议同时作为太赫兹应用技术专业委员会 2020 年学术年会。会议期间还将召开太赫兹应用技术专业委员会第二届二次全体委员工作会议。

大会以"聚力基础前沿、引领应用发展"为主题，已邀请到七十多位国内太赫兹相关领域院士、专家、学者做大会报告及分会场主题和特邀报告，同时还提供近年来太赫兹领域涌现的最新、最先进的产品展示，将是一次探讨太赫兹领域新思想、新理论和新技术，展示新产品和新成果的盛会。随着 5G 的来临和"十四五"的开局，我国太赫兹技术在新时代面临着创新发展的重大机遇和挑战，期待大家充分研讨、深度交流并有所收获。

潮平两岸阔，风正一帆悬。最后，祝参会的各位领导、各位专家、各位来宾身体健康、工作愉快！

注：写于 2020 年 10 月。

首届"智能感知与对抗"高地分论坛欢迎辞

诸位嘉宾：

七月流火，九月授衣。北斗指申，天河璀璨。恭逢科大七秩春秋，兹定于星城长沙开坛设讲。夫潇湘自古钟灵毓秀、人杰地灵，惟楚有材、于斯为盛。炎帝故里、伟人桑梓，岳麓巍巍、洞庭汤汤。传千年文脉于书院，育开国将军于湖湘。天地悠悠，范希文先忧后乐；太平胜迹，贾太傅夜半虚席。屈子沉江，心忧天下；湘军毅勇，敢为人先。

电院源自军工，肇始于新罗烽火；雷达降诞英伦，发扬于华夏九州。白山黑水，创启欣赖陈赓；脱序南迁，设系功归钱老。常规分散，尖端集中。以系统带信号处理，弘思政于工科学堂。人才辈出，百人生一将军；成果井喷，已然军工重镇。时逢军事革命，智能攸关胜负；透视俄乌硝烟，感知决胜战争。是处天线旋转，银屏闪烁；万里电波飞度，疆场纵横。红烛闪闪，传承薪火；自立自强，科技先锋。

今诚邀海内巨擘相聚于湘江之畔。大家云集，群贤毕至；论剑北辰，指点江山。校友归来，风华依旧；岁月峥嵘，依稀少年。诸君聚首，谈笑宴宴；讲堂犹在，香樟翠然。冀初心不改，共襄盛事；论为军向战，我辈何辞？

时在癸卯金秋桂月。

注：写于 2023 年 9 月。

雷达波形赋

夫天地之间，二仪有象，四时无形。雷达百载以降，二战而兴。麦翁首功，赫兹居伟，仲义肇基，德显传继。观银屏闪烁，闻电波频传。非波形何以载物，微调制何以传情。天人合一，自古皆然，波物相配，智能赋之。《心经》云"五蕴皆空"，五蕴者，色受想行识也。色者为"目标"，受想即"认知"。值百年未有之变局，览大千胜状，审万象纷扰，何以应之？惟波形堪任，舍认知其谁？电波倏逝，人生须臾。知也无涯，求索无极。格物致知，即物穷理。家国忧思，制衡强敌。探微索幽，致远勾深。兴国强军，复兴在今。冀曲水流觞，共襄盛举；盼初心依旧，不负韶华。诸君勉之！

时惟辛丑孟夏于潇湘。

注：写于 2021 年 7 月。

【中 篇】

诗词雅集

七言·硕士毕业有感

丙戌年冬，硕士答辩顺利完成。自白山黑水远来湘江之滨，携笔从戎，已逾二载。其间师兄师姐之爱护鼓励，导师之谆谆教诲，历历在目，未敢相忘。科研之苦乐，论文写作之煎熬，也已初尝。今将毕业，长舒一气，唯愿将来读博四年亦不虚度。感慨系之，聊赋一诗，虽不合律，以表心声。

携笔从戎赴楚天，湘江北逝又经年。

常思兄爱开愚鲁，永志师恩启昧顽。

学海无涯穷理苦，书山有道悟经酣。

从今踏上攻博路，霜刃磨出剑气寒。

注：2006 年 12 月硕士论文答辩前夕写于国防科技大学，系硕士论文"致谢"的节选，原载于《国防科大报》。

五言·拉练

画角吹秋晓，南辞细柳营。

长驱浏水渡，迁入四方坪。

瘴起蔽旌鼓，枪鸣惊鹭鹰。

何当征万里，不负少年行。

注：2007 年 9 月写于博士军训拉练结束之后。

四言·国防科大赋

麓山苍苍，江水泱泱。百里洞庭，九曲浏阳。

胜地学府，雄峙湖湘。军旗猎猎，书声琅琅。

名师荟萃，群英一堂。攻关科技，振兴国防。

磁浮飞掣，银河闪光。舱外天线，神舟飞翔。

电磁对抗，陀螺激光。大兴合训，苦育栋梁。

兴国强军，重任担纲。征尘漫漫，清笳鸣响。

时逢盛世，秋爽气清。六十华诞，九州同庆。

回首往事，岁月峥嵘。建国三载，百废待兴。

宏图伟略，筹创军工。地定黑水，将点陈赓。

云集教授，汇聚精英。人才肇基，冉冉将星。

文革骤发，密雨惊风。脱序南迁，故校支零。

雨霁云收，重建科大。院分南北，地接年嘉。

青樟翠竹，红砖碧瓦。军工旧蒂，科苑新花。

秉承校训，加快步伐。东方西点，军中清华。

凡我学子，皆忧国家。每览舆图，脊如针扎。

东海瓯缺，南天月斜。枕戈待旦，梦策铁马。

画角清鸣，誓平胡沙。薪火熊熊，承续繁华。

威武秦汉，煊赫乾康。近代百年，雨凄风狂。

大江东去，荣辱俱往。而今吾辈，躬逢世昌。

持笔铸剑，护我国疆。中华一统，远迈汉唐！

注：写于 2009 年 8 月，获国防科技大学"共和国的记忆"征文优秀奖。得萌元故
友斧正，兼复唱和：

（其一）

大赋读罢气磅礴，洞庭波涌巨浪多。

其间亦有浑河水，歘坎镗鞳作弦歌。

我折斑竹成短笛，聊发清音作唱和。

东大学子多才俊，风雨兼程志未磨。

愿君南国更踔励，未来将星多一颗。

（其二）

柳絮才高气磅礴，别来五载岁月多。

湘水不似浑河水，星城常忆旧日歌。

岂无山歌与村笛，嘈杂难与冰心和。

女中诸葛胜才俊，莫把如水容颜磨。

君今远渡多自励，记取江南心一颗。

七言·岁末实验室欢宴有感

零九岁末，实验室师生赴农门阵会饮，醉而归。离家求学四年本科，六年研究生，遽乎十载矣。学业将尽，人已而立，携笔从戎，迄无寸功，感流年之易逝，望故乡之邈远，举三寸之竹管，托遗响于北风。

青麓白驹驰隙中，万云回看两无同。

人生百载三一度，经业十年四六封。

龄少从军原为志，岁迟报国尚微功。

家山遥望烟波渺，此夜红尘醉正浓。

注：写于 2009 年 12 月。"三一"：三分之一，亦指国防科技大学北门外三一大道。"四六"：本科四年，读研读博六年。

四言·博士毕业有感

　　不惜五年磨一剑，终到破茧成蝶时。经过一千五百多个日夜，终于迎来了博士论文收官的时刻，故改人生四大乐事以记之，曰：洞房花烛夜，博士毕业时，久旱逢甘雨，他乡遇故知。欣喜之余，抚今追昔。回首综合楼但见灯火阑珊，无限往事涌上心头。

秉鉴窥形，岁月匆匆。少及弱冠，游学沈城。

白山黑水，一代帝京。四载精修，携笔从戎。

麓山洞庭，韶乐楚风。军工之胄，慕彼令名。

未逢战事，科研建功。潜心雷达，皓首穷经。

祁寒暑雨，黄卷青灯。钩深致远，探微索冥。

打通文理，亦泛亦精。知行合一，心追阳明。

藏器于身，待时而动。铅华何羡，乐在其中。

荣辱得失，寒潭雁影。去留进退，秋雨春风。

南天东海，正待请缨。岂容异寇，安忍分庭。

横戈执策，原不为封。青史千载，重振雄风。

威武秦汉，煊赫乾康。近代百年，雨凄风狂。

大江东去，荣辱俱往。而今吾辈，躬逢世昌。

持笔铸剑，护我国疆。中华一统，远迈汉唐。

　　注：写于 2011 年 7 月，系博士论文"致谢"的节选。

七言·出差

南北驱驰报国情，

江花边月笑平生。

一年四季无晴雨，

多是飞天异域行。

注：写于 2012 年 9 月，有感于频繁出差，飞去飞来，项目申请、验收、汇报。

七言·习主席视察国防科大有感

星城曙色照初冬，飒爽英姿校阅中。

匡建一流明航向，自主创新励尖兵。

敢开天河铸利剑，誓擎北斗固长城。

师生共筑强军梦，学府荣耀续军工。

注：写于 2013 年 11 月习主席视察国防科技大学之际，原载于《国防科大报》。

四言·空谷幽兰

青峰之巅，山外之山。晚霞寂照，星夜无眠。

惊鸿一瞥，如幻大千。一曲终了，交集悲欢。

夕阳之间，天外之天。梅花清幽，独立春寒。

红尘伊人，清凉无限。寂静光明，照耀宇寰。

一骑绝尘，行动如电。空谷绝响，相视无言。

一念净心，莲花开遍。每临绝境，峰回路转。

但凭净信，自在坤乾。大梦初醒，归途眼前。

行尽天涯，静默山间。倾听晚风，拂柳笛残。

烟雨平生，芒鞋踏遍。慧行坚勇，究畅恒远。

注：写于 2015 年 10 月，改许巍《空谷幽兰》歌词书赠师弟。

七言·祭南海撞机英雄王伟烈士

碧血如虹贯海疆，

誓驱强虏义堪当。

忠魂一缕归乡土，

雨洒清明已断肠。

注：2016 年 4 月写于成都。

四言·参加民主生活会有感

听君一话，如沐春风。

茅塞顿开，醍醐灌顶。

规过私室，扬善公庭。

观照自省，开诚布公。

注：写于 2019 年 11 月。

望海潮·太赫兹学术年会

（其一）

衡岳形胜，湘江如画，星城自古繁华。烟雨回廊，杜甫江阁，群贤毕至无遮。挽袖品茗茶。论剑麓山下，齐放百花。妙语珠连，展台林立，竞风华。

中兴奇耻堪嗟。喜吾侪勠力，不辱邦家。电光石火，丝波倏逝，茫茫瀚海无涯。唯实讵漫夸。仁浏阳河畔，思绪驰遐。异日图谱填就，归去伴桑麻。

（其二）

巴山形胜，锦江如画，蓉城自古繁华。烟雨回廊，芙蓉楼阁，群贤毕至无遮。挽袖品茗茶。论剑峨眉下，齐放百花。妙语连珠，展台林立，竞风华。

中兴奇耻堪嗟。喜吾侪勠力，不辱邦家。电光石火，丝波倏逝，茫茫瀚海无涯。唯实讵漫夸。仁丞相堂畔，思绪驰遐。异日图谱填就，归去伴桑麻。

注：写于 2020 年 10 月。

满江红·建院六十周年

湘江远眺，岳麓顶，星蕴韶光。抬望眼，雁聚衡岳，桃李芬芳。橘子洲头观百舸，跨线桥畔看斜阳。曾记否、同学恰年少，意气长！

展夙志，护国疆。鼙鼓疾，斗志昂。电磁展神威，一朝锋芒。百年岁月似弹指，六秩征途铸辉煌。盼归来、仍旧时少年，耀荣光。

注：写于 2021 年 2 月。

四言·清华培训有感

水木清华，云集大咖。群英荟萃，论剑京华。

诵读经典，诸子百家。颈椎之操，帝都云霞。

通识之育，心追新雅。大学之道，明德永嘉。

传道授业，课比天大。分形之美，北国雪花。

家国忧患，荡平胡沙。无问西东，大楼大家。

五道口畔，思绪驰遐。何惧之有，列强打压。

中华儿女，心系如麻。人生如梦，知而无涯。

吾辈翘楚，耻作池蛙。勇立潮头，天河乘槎。

不忘初心，再度出发！

注：写于 2021 年 5 月。

浪淘沙·参加海口 CIE 国际雷达会议

碧空一色连，五载轮番，雷达盛事更空前。万里宾朋皆是客，把酒言欢。

探地复观天，琼海仙山，电波如水洒宇寰。莫论电平主旁瓣，开遍人间。

注：写于 2021 年 12 月。

五言·参加太赫兹飞行试验并赠参试人员

拓荒已十年，
雄鹰上蓝天。
光阴似弹指，
友谊天地间。

注：写于 2022 年 2 月。

五言·贺北斗三号开通

浩瀚深空际，诚理何处寻？

愚公移山力，磁石定海针。

踔厉铸重器，丹心托兆民。

复兴九州日，烺烺耀北辰。

注：写于 2022 年 4 月。雷政委原诗：

贺北斗卫星导航系统组网成功

征鸿万里指苍穹，此去分明九野朦。

璀璨长河迎远客，沧桑太白曳丹虹。

千寻难却开天志，百劫犹赓射日弓。

且向嫦娥邀桂子，回眸再唱大江东。

四言·高科技知识培训班带队有感

时维九月，丹桂开花。群英荟萃，相聚星沙。

济济一堂，论剑科大。创新制胜，卫国保家。

强军伟业，我辈披甲。枕戈待旦，横刀立马。

同窗珍重，莫负韶华。不忘初心，再度出发！

注：写于 2022 年 10 月。

七言·赴武汉参加导师培训有感

大江东去水汤汤，四海新朋聚汉阳。

纵论育人声未歇，偶来掼蛋夜无央。

戎装廿载强军梦，桃李千枝红烛光。

烽火关山念珍重，清笳歌处醉沙场。

注：写于 2024 年 7 月，兼和雷政委。原诗：

一夜秋风落叶殇，新朋故侣聚街旁。

席间把酒杯无歇，案上挥毫夜未央。

慷慨无非家国梦，风流每为晋唐狂。

心追羲献痴欧素，一笑澄怀瀚墨香。

四言·河北涿州试验有感

燕赵之地，慷慨悲歌。易水潇潇，双塔古涿。

寒风刺骨，荒村灯火。信号跃动，银屏闪烁。

一念之间，倏逝回波。相噪杂散，如影婆娑。

若卿心事，实难琢磨。相位缥缈，峰值捕捉。

远近探赜，上下求索。北斗当空，依稀星河。

举头遥望，天心满月。

注：写于 2024 年 10 月。

新诗·使命如铠，大任担当

章一：题引

多少次，我对着深邃的星空凝望；

多少次，我向着飞翔的鸟儿冥想。

浩瀚的宇宙啊，有多少未知的奥秘蕴藏；

广袤的空间啊，请给我一双探索的翅膀。

那是厚德博学寄予的深情厚望，

那是强军兴国承载的百年梦想。

八年前，有一支队伍应运而生，扬帆启航；

八年后，她大任于斯，使命如铠。

章二：艰辛开创　奉献如歌

站在绚烂的舞台上，我们心潮澎湃，八年奋斗的往事，温馨而难忘；

伴着激昂的音乐声，我们动容惆怅，八年创业的足迹，艰辛又漫长。

多少回挑灯夜战，综合楼的师傅频频敲开那页橘黄的门扇；

多少回披星戴月，丁家岭的寒露片片打湿这身翠绿的军装。

2012 年夏天，高温 40 度，某干扰机试验外场。茫茫戈壁，黄沙飞扬。

76 米高的塔台，90 度的楼梯，一手扶梯子，一手抱设备，一阶一阶爬着上。

在场的战士感叹："我们不拿东西往上爬都费劲，你们真是好厉害！"

"同志，三个月来日夜加班就为这次试验，爬点楼梯又有何妨？"

抱病住院的父亲，等不来你回家的脚步。

身体柔弱的妻子，毅然操持着全家老小的衣食起居，常常心疼地责怪"旅馆快成你的家了"。

高烧不退的女儿，紧紧抓着你的手不愿松开："爸爸，病可以慢点好吗，我想你"。

我顿时眼角湿润，那是千种挂念，那是万份愧疚，都交织幻化成科研战场炽诚的火光。

这火光明亮闪耀，映照在塔克拉玛干的生命禁区，映照在库尔勒的塞外边疆。

这火光光辉灿烂，映照在零下三十摄氏度的雪地冰天，映照在大庆四十度的潮湿板房。

南来北去的列车，异地孤苦的旅馆，方便面、盒饭，是比双亲、妻儿更接近您的陪伴？

一位嫂子说，也许，我羡慕那些列车、那些旅馆……

八年来，他们光大学院精神，奉献如歌，艰辛开创；

八年来，他们依托学院力量，攻坚克难，愈战愈强；

八年来，尽是笑中含泪的力量！

而今天，含泪的我，欣慰多于心酸，因为，他们走过的地方早已繁花盛放！

章三：攻坚克难　成就辉煌

这繁花，硕果累累，为学院增彩添光。

2008 年，我国直升机载目标识别装备研制成功；

2009 年，首套分布式星载合成孔径雷达系统立项；

2010 年，实时成像系统参加我国首次拦截试验；

2012 年，新型干扰机首次使某基地雷达出现虚假图像……

这繁花，霜叶未谢，新枝又绽蓓蕾香。

中法合作，率先开启国际交流新思路。

导弹灭火，积极探索技术民用新篇章；

学科交叉，去感受太赫兹和量子那微观世界的奇妙特性；

仿生模拟，正实现让雷达像蝙蝠般智能感知的理想。

"欲栽大木柱长天"的宏愿，化作如今桃李满园的芬芳。

这是一支 973 首席、863 专家领衔的"军事科技创新青年先锋队"；

这是一支国家级空间攻防信息处理技术科技创新力量。

他们将"忠诚敬业、严谨笃学、求实创新、建功国防"写成年轻人的量纲。

章四：以人为本　文化和谐

在这里，常听到的一句话就是"放心去做，课题组就是你的家，有什么困难随时可以找我"；

在这里，常可获得老师如兄长一般的呵护，关怀的话语总是温馨满堂；

在这里，生活困难，大家共同资助，生病住院，大家轮流照看；

在这里，尽情沐浴着四院这个大家庭温暖的阳光。

章五：努力奋斗　更续华章

巍巍岳麓孕育了你开拓的文化，滔滔湘水见证了你闪耀的荣光。

博大的四院给予你肥沃的土地茁壮成长，广阔的军营赋予你自由的云天展翅翱翔。

百年逢盛世，大任勇担当。"十二五"美好的前景已经描绘，十八大前进的号角已然吹响。

我们将乘着建院五十周年喜庆的春风，伴着建校六十周年激扬的音乐，在学院和所党委的坚强领导下，续写新的

更大——辉煌！

注：写于 2013 年。与师弟杨进、陈浩文、彭育兴共同创作，参加 2013 年初学院迎新春晚会。

新诗·我深深地爱着您——亲爱的党

古老的东方有一条龙，他的名字叫中国；

古老的东方有一群人，他们都是龙的传人……

当这熟悉的旋律激荡胸腔，我无限豪迈，我们是站立的大写的中国人！

喝水不忘挖井人，触歌生情，我不禁感慨万千……

想起十九世纪末二十世纪初的中华大地，神州陆沉，生灵涂炭！

那时"华人与狗不得入内"，卑躬屈膝，割地赔款！

三百年来伤国步，八千里外吊民残！三十万同胞遭屠戮，长江血染、黄河怒吼！中华民族到了最危险的边缘。

生逢恨做中国人，无数生命在挣扎、在呐喊，谁能扭转乾坤、救我河山！

一九二一年七月二十三日，中国共产党诞生在南湖的画船！

抛头颅，洒热血，为着共产主义理想，共产党人前仆后继，共赴国难。

一路走来，从嘉兴湖畔到南昌井冈，经万里长征到延安宝塔，从西柏村寨到中南海边；

四百万党员烈士在祖国的土壤下默默地长眠！映山红满山开遍。

贺龙元帅一门二十八烈士啊，为有牺牲多壮志，敢教日月换新天！

我亲爱的党啊，在您的召唤下，与日本昭和军阀和国民党两大集团二十八载较量，热血洒春秋，谱一曲中华序章大地燎原！

一九四九年十月一日，中华人民共和国成立了！中国人民从此站起来了!

那是个一穷二白、伤痕累累、百废待兴的新中国。

挽起裤腿,铸剑为犁,热情满腔说干就干,再造一个气象万千的神州。

看,一桥飞架南北,天堑变通途;叹,高峡出平湖,神女应无恙。

这背后是铁人,是开天辟地的勇气,是勒紧裤带的忠诚,是隐姓埋名的奉献!

我亲爱的党啊,在您的带领下,三十载赤诚勇奋斗,谱一曲光辉中华之前奏!

改革开放的春风徐徐而来,从南到北,掀起一派生机盎然。

贫穷不是社会主义,摸着石头也要过河。

南山蛇口,南海初试,关贸总协定,自由贸易区;

沿海开放,沿边开放,内地开放,中国开放;

中部崛起,东北振兴,西部大开发,中国大发展;

蛟龙入海,神舟飞天,北斗闪耀,天河灿烂,磁浮飞掣,祖国兴盛如日中天。

这背后是众志成城,是加班加点,是舍小家为大家,是艰辛探索和辛勤耕耘,是无数共产党人默默奋斗的缩影。

说说我们熟悉的人吧,梁甸农、孙仲康、沈振康等老一辈专家教授为国防科技事业倾尽所有,奉献一生;

说说我们身边的人吧,北斗创新团队,坚守一线科研的安玮教授,勇于担当,矢志争雄。

我亲爱的党啊,在您的带领下,三十七载埋头洒汗水,谱一曲发展中华之强音!

聆听这强音是一种真切的幸福!当也门撤侨,临沂舰政委一席话让多少人热泪饱含:习主席派军舰接你们回家,祖国不会让一位同胞身陷险境！

在抗洪大堤，在地震汶川，是谁逆行在坚守、在冲锋，党领导下对抗特大灾难的能力让世界惊叹。

是的，钱学森老人曾多次目睹党在亿万人民中的崇高威望，深情地说"真正伟大的是中国人民，是中国共产党"。

有道是，数风流人物，还看共产党人。亲爱的党啊，没有您就没有新中国，就没有今天幸福的港湾！

今天是公元二〇一六年七月一日，今天是您的诞辰，我亲爱的中国共产党；

在这个日子里，让我们缅怀先辈，他们牺牲奉献功勋卓著，永垂史册；

在这个日子里，让我们欣慰青年，他们朝气扑面开拓进取，续写新篇；

每次呼喊您的名字总让我震颤不已，我是深深地爱着您啊，亲爱的党！

祝您九十五岁生日快乐，继往开来，永远年轻！

九十五载，沉舟侧畔千帆过；

九十五载，仿佛弹指一挥间；

九十五载，扶摇直上九万里；

九十五载，合一首从苦难走向辉煌的壮丽诗篇！

这诗歌让我想起您诞生之初那波澜壮阔的画卷，我仿佛听见毛主席在天安门城楼上振聋发聩的湖南口音，我仿佛又看到了一位老者在南山之上提笔沉思的身影，在蒙蒙细雨中久久眺望香港的双眼。

伟大的中国共产党啊，您前进的步伐从未停歇放慢。

南海陆域吹填，使我国战略前沿前推1000公里；

一带一路，海上丝路，神奇江山画卷。

两学一做，改革强军，中华复兴走向历史的必然！
让我们紧密团结在以习近平同志为核心的党中央周围，
让我们高举旗帜，奋勇拼搏，踏上这崭新的征程吧！
集合，出发！
再一次，坚定出发，迎接凯旋！

注：写于2016年，与师弟杨进博士一同创作，参加2016年学院庆"七一"晚会。

新诗·973 项目验收有感

五年来花开花落，
五年来几经寒暑。
我们如"取经人"，
在探微索幽的征途，
觅得沧海骊珠；
我们是"拓荒者"，
沿科技兴军的道路，
把那"空白"填补……

注：写于 2019 年 10 月。

新诗·雷达学报伴您同行

雷达学报，
前进路上的伙伴，
才华展示的舞台，
思想碰撞的圣殿，
沟通交流的纽带。

雷达学报，
创刊十载初心不改，
愿奉献给大家，
最好的质量和服务，
最赞的传播和品牌。

雷达学报，
凝聚了编委的心血，
作者的风采，
专家的心裁，
读者的喜爱。
她属于所有的雷达人
——共同书写雷达报国的情怀！

注：写于 2021 年 8 月。

水调歌头·初入东大

挥手别乡关，千里赴东园。南湖波光潋滟，淙淙浑河边。到处青松碧草，更有假山清潭，高楼入云端。美景驻千载，良辰伴四年。

心潮动，激情奋，才学展。东大万里云天，点笔绘彩卷。莫畏山遥路远，何惧书难石坚。学士后攻研，揽取博士后，谈笑还乡关。

注：写于 2000 年 9 月。原载于东北大学信息学院院刊《大学年华》。

七言·惊闻张学良老校长仙逝

读书不觉已秋深，
檀岛忽传溘逝音。
故校青衿挥痛泪，
三千纸鹤祭英魂。

注：写于 2001 年 10 月，时值东北大学老校长张学良将军在夏威夷仙逝。原载于《东北大学报》。

七言·哀思张学良将军

檀岛云遮一星陨，故园叶落伴思深。

欲师子房兴汉室，岂料华年遭幽禁。

空抱雄才人渐老，北望故土慰难寻。

金瓯遗缺喜补日，两岸同斟祭将军。

注：写于 2001 年 10 月。

七言·十六大召开有感

（其一）

盛世京畿沐冬阳，代表济济聚一堂。

同心同德兴社稷，群策群力强家邦。

舒天昭辉民心奋，继往开来国运昌。

亿万舜尧仰盛会，复兴征途续新章。

（其二）

红日初升道大光，河出伏流泻汪洋。

苍鹰试翼惊寰宇，雄狮啸谷喻强邦。

鼎新革故九州泰，兴利除弊万民康。

江山锦绣非昔比，空留梁公诉沧桑。

注：写于 2002 年 11 月党的十六大召开之际。梁公：指梁启超，他曾在《少年中国说》中写过"红日初升，其道大光"等句。

七言·辛巳冬雪偶感

方忆梨花似雪时，忽来飞雪挂寒枝。

应怜素玉妆冬色，莫怨琼丝沾子衣。

谢女絮才自堪咏，学子英气亦足题。

北国佳景君休负，展卷低眉奋笔疾。

注：2002年冬写于东北大学。沈阳是一个雪的城市。诗友相与唱和：

南归月余度冬时，久盼琼玉着晓枝。

每览谢诗多愧色，难遣瀚墨沾红衣。

诗才浅薄何为咏，英气浩荡亦足题。

冀野无雪眼空廓，只祈他日奋笔疾。

西江月·东园感怀

春花红染塞外，芳径独自徘徊。暂却书山与题海，领取须臾自在。
东园岁岁花开，迩来已近三载。韶光飞逝空嗟哀，不如奋笔书台。

注：2003年春写于东北大学，时读大三。

八言·戏赠同学

人生际运自古无常，一个运字费人思量。
运交华盖黄金失色，时来运转铁也发光。
有个女孩名叫芳姐，姿色鲜有心地善良。
不知何故近来点背，骑车轮掉台灯失光。
某君戏她破财消灾，竟也骗得一顿膏粱。
际运虽然自古无常，偶尔点背又有何妨。
心中无邪不怕鬼魅，二舍有友助你身旁。
否极泰来衰后盛到，风过枝头又绽芬芳。

注：2003 年夏写于东北大学。

七言·中秋偶感

中秋望月思故园，银辉皎皎笼薄衫。
梦中历历杯盏饮，庭下融融觥筹欢。
踏草蓦感秋声尽，登亭恍觉冬意前。
今夕游子方吟罢，再读家书泪已潸。

注：2003 年中秋写于东北大学。

江城子·大学毕业

❧

四载求学如流光，不思量，自难忘。而今一别，何日还沈阳。汽笛一声欲断肠。还相请，无相忘。

相识相知已成往。春华园，泪湿裳。杨柳依依，无语对同窗。廿年重上君子堂，共把酒，醉斜阳。

注：2004年夏毕业前夕写于东北大学。

七言·重回母校并同学聚会有感

❧

少入雄关别盛京，六年戎马戍星城。
麓山北望托归雁，沈水西流忆朔风。
喜把青樽称旧事，试压绿酒劝新容。
今宵尽醉休辞饮，何计明朝南国行。

注：写于2010年7月。赴大连开会，途经沈阳，与母校东北大学同学欢聚，归来后写于长沙。

七言·毕业十周年聚会

参商变幻日如梭，十载浮萍聚沈河。

儿女绕膝呼季父，觥筹交错作弦歌。

宿昔往事多雅谑，尘梦欢欣有几何？

芳草年年绿五舍，相期岁月莫蹉跎。

注：写于2014年5月。大学毕业十周年，参加同学婚礼并室友聚会，为毕业以来聚得最齐的一次，颇多感慨。

山水寄怀

七言·暮秋游庐山

天街信步霭云间，日照如琴湖色斑。

欲觅仙师闲对弈，忽逢高鸟引听泉。

草堂人去留清韵，花径枫红胜麓山。

长羡惬心唯此有，请从陶令入田园。

注：2007 年 11 月，实验室同窗赴庐山秋游，归来后写于国防科技大学。天街：庐山牯岭街，号称云中山城之街。如琴：如琴湖，在庐山西谷花径公园旁边，为人工湖泊，建于六十年代初期，因形状颇似小提琴得名。湖光山色，满目翠绿。日破重云照去，鳞波起伏，斑斓点点，如琴弦之拨弄，风景迷人。仙师：吕洞宾，相传他曾在仙人洞中修炼，直至成仙。吕仙师棋艺高超，关于他的传说中，有许多都和围棋有关。听泉：指庐山三叠泉。草堂：白居易草堂，后人将白居易在北香炉峰与遗爱寺之间"其景胜绝"之处兴建的"草堂"重建于花径亭西北方的莲池畔。花径：白司马花径，相传是白居易咏《大林寺桃花》的地方。

七言·游三清山有感

　　戊子暮秋，实验室师生赴江西三清山云游。但见山如剑削，奇峰入云，青松夹泉，幽谷千仞，实乃造化之神功。更见栈道依壁而建，凡数公里，蔚为奇观。予览修栈碑文，方知造化之外更有人力之艰辛。知其不可为而为之竟至功成。感慨系之，故成是诗。

衡庐归罢复登山，叠翠层峦远接天。
四海浮云行脚下，千寻栈道绕崖间。
苍松郁郁横客路，芳草萋萋侵碧泉。
莫问清风辩儒道，兼修内外始知闲。

　　注：2008 年 10 月，实验室同窗赴江西三清山秋游，其间偶拾数句。归来后写于国防科技大学，发表于《国防科大报》。

五言·雨中游大明湖

渌波摇泰岳，
浮棹采莲菱。
珠落荷池浅，
烟凝柳色轻。

　　注：写于 2009 年 8 月。岁阳兄和诗：
衡峰连麓岳，云梦泛江菱。
莫惜龙潭浅，一鸣天下轻。

七言·游张家界天门洞

日照天门曙色开，

岚光曜曜射香台。

凤箫起处云腾绕，

玉砌千阶迎客来。

注：2010 年 5 月重游张家界，写于游览途中，与实验室同学李宏和姚辉伟博士唱和。

李博士诗：

夕抚天门茅塞开，霞光曜曜射香台。

背倚龙龟开口笑，疑是弥勒临凡来。

姚博士诗：

遍寻天门一洞开，玉阶万里上瑶台。

别无烦事心头绕，临风聊为归去来。

五言·游黄山偶感

久慕轩辕迹，秋峰此日登。

苔生千仞壑，云映万年松。

乍有山猱跃，时闻涧鸟鸣。

迩来忧感事，皆尽付苍穹。

注：写于 2010 年 10 月。实验室李彦鹏老师和诗：

玉宇有独钟，此端傲群峰。

鸿蒙建飞瀑，颛顼扶奇松。

磐石向来崇，云海赖神功。

虚怀向五岳，灵秀遽相颖。

五言·盛夏游开福寺

闾巷藏孤寺，携君抱暑行。

碧湖观鲤跃，净院奏蝉鸣。

梵乐云间起，禅机心底生。

菩提坐来久，疏影满闲庭。

注：写于 2012 年夏，驱车携师弟王瑞君、吴称光、苏伍各游开福古寺。

七言 · 瞻仰韶山毛主席故居

黄砖青瓦绿杨间，柳絮荷塘依故然。

南岸书声盈稻舍，谷坪烟雨润韶年。

蛙鸣虎气明殊志，笔走龙神骋远关。

尝问英雄何为出，惟辞涟漪向狂澜。

注：写于2013年"五一"劳动节，后发表于《国防科大报》。"蛙鸣"句：毛主席少年时作咏蛙诗"春来我不先开口，哪个虫儿敢作声"。

姚师弟和诗：

大风起兮天地间，秦关汉月依故然。

盛世狼烟终有时，金戈铁马慰华年。

敢请长缨驱蛮夷，坐拥神剑镇雄关。

尝问英雄何殊志，不教沧海起波澜。

七言 · 过河北易县

胜日寻芳易水头，百畴麦浪一望收。

英魂浩浩归原野，思绪茫茫骋冀州。

玉盏难盛家国恨，龙泉无愧故人酬。

漫言事事皆谋算，一诺千金万古留。

注：写于2013年5月。赴西柏坡参观学习，途径易县，思及荆轲。

七言 · 游靖港古镇次韵和友人

剪剪东风送暮寒，浮槎古渡若云巅。

霆船凛凛摇芦水，碧血涓涓洒楚天。

宾客熙颜无战事，涤公用武有遗篇。

功名尽落观音寺，且引叟童看洞山。

注：写于2014年2月，适逢寒假，与友携老扶幼，驱车至靖港、乔口古镇，归来和此诗。赴英访学前夕，友邀至家中小酌，令妻抚《酒狂》琴曲为予送行，甚为感念。涤公：曾国藩。洞山：洞阳山，即长沙北郊与靖港隔岸相望的黑麋峰。

友人原诗：

冬日潭州未尽寒，志发铸鼎冠华巅。

滔滔珍品万家利，济济雄才可补天。

铁马金戈沙场事，为民请命大江篇。

路遥何惧西风烈，万里扶摇览众山。

七言 · 瞻仰娄山关

万里长征奇迹篇，神兵两度破雄关。

从来险峻屏巴蜀，自古咽喉扼桂黔。

弹雨阵中勇士胆，杀敌声彻峰头烟。

登高酹酒乌江上，长念先贤创业艰。

注：写于2014年5月赴娄山关、遵义参观学习期间，后发表于《国防科大报》。红军两次攻下娄山关，确保了遵义会议成功召开。

忆江南·江边散步

夕霭起，
只影步河东。
一抹闲愁沧浪里，
半篷渔火客舟中。
谁与共清风。

注：写于 2014 年 7 月。

风入松·湖南农大踏青

绵绵春雨乍新晴，揽辔出樊笼。五头牛畔芳泥路，谒知交、笑语盈盈。拂袖鹅黄香蕊，迷离宛转啼莺。

青梅微涩兴方浓，把酒话重逢。书斋寂寞空劳顿，多辜负、柳色消凝。积岁人情疏落，重拾意气平生。

注：写于 2015 年 3 月。五头牛：地名，湖南农业大学五头牛广场。

七言·游书堂山

序属清秋丽日生，
书堂山下聚群英。
挥毫泼墨评今古，
满纸烟云付率更。

注：写于 2015 年 10 月。与学院书法爱好者赴欧阳询故里登书堂山。欧阳询：唐朝楷书四大家之一，唐时封为太子率更令，也称"欧阳率更"，书风俊秀险绝。

七言·冬日登岳麓山

野径回旋入九霄，
娑娑黄叶伴清寥。
将军名士连茔冢，
响鼓岭前丹魄招。

注：写于 2015 年 12 月。与家人从中南大学小路登岳麓山，途中为明德中学老校长胡子靖先生扫墓。

七言·游桃花岭

（其一）

和风朗日沐山林，

杨柳池塘处处新。

自在儿童随蝶舞，

桃花千树映佳人。

（其二）

和风朗日沐山林，

杨柳池塘处处新。

千树桃花引蝶舞，

溪流桥畔逢故人。

注：写于 2016 年 2 月。与家人和邻居游长沙西郊桃花岭公园，遇实验室同事高教授。

五言·和李博士登百望山诗

青云百望升，极目眺山亭。

风步驰深径，戎装动古荆。

竹林论兵道，书客遇时明。

愿著长安策，太行凌玉峰。

注：写于 2016 年 4 月。予与同僚四十人入京畿国防大学学习深造，常于餐后共登百望山，吟诗唱和，谈笑风生，快何如哉！

李博士原诗：

日落月未升，再临百望亭。

灯起映野径，风动曳棘荆。

豪气三声啸，凝神赏昆明。

铁军帅府侧，太行第一峰。

七言·再登百望山

孤亭耸峙白云乡，

野径回旋入太行。

壮志豪情五罗汉，

一声吼啸震八荒。

注：写于 2016 年 4 月。

七言·盛夏浏阳河畔散步

浏河波漾暮云天，嘉树低垂碧水前。
柳岸行人汗似雨，夜空飞鸟翅犹黏。
清风无力消繁暑，蝉语有情催客眠。
忽忆麦场凉景事，恍如一梦隔山间。

注：写于 2016 年 7 月。

七言·松雅湖畔散步

九曲回廊卧玉盘，
樱红草绿画如帘。
柳烟拂浪鹬鸰舞，
观鸟亭台沐晚天。

注：写于 2017 年 4 月。

四言·游株洲耕食书院

曲径通幽，禅房静寂。

日出而作，日落而息。

凿井而饮，耕田而食。

天地悠悠，陶然忘机。

注：写于 2017 年 5 月。

七言·游山海关有感

久慕雄关几度秋，青阶滴雨上高楼。

形接山海罗城隘，气贯居庸玉塞头。

霸业成空随浪去，胡夷窥视若狼留。

碧涛拍案临风晚，战鼓喧喧疑未收。

注：写于 2017 年 6 月。

四言·游伦敦伊丽莎白公园

天高地迥，利河悠悠。

浮道踯躅，残月如钩。

凉风习习，万里从游。

疠瘴肆虐，三月淹留。

孟夏草长，沴戾渐收。

湘罗迢递，梁园寄愁。

方寸斗室，自有春秋。

注：写于 2020 年 5 月。时值疫情，正在英国伦敦玛丽女王大学访学。作"英伦杂记"四篇，此为其一。

李彦鹏老师和诗：

身在英伦，心驻神州；

虫肆亥末，疑止爻六。

理趋万一，数维天有；

日进中天，月上高楼；

情亲犹待，年终聚首！

减字木兰花·游常德桃花源

霏霏细雨，五柳湖平轻絮起。

正是清明，春草青青秦街觅。

徘徊不语，陋室空堂余竹翠。

阡陌交通，愿入桃源闻犬吠。

注：写于 2021 年 4 月。

江城子·天心阁

天心阁上望江南，柳如烟，水连天。细雨绵绵，点点落窗前。新枝袅袅满阆苑。春已至，正轻寒。

山川无限忆先贤，逞强权，荡三藩。策马扬帆，指日复台湾。国泰民安今又是，齐努力，胜康乾。

注：写于 2022 年 2 月。

五言·瞻仰板仓杨开慧故居

梅雨伴凉风，幽思入肌骨。
板仓滞伊人，思君绪起伏。
井冈峰巍巍，粮草已足备？
孤枕触离愁，可知妾凄苦？
关山不可通，薛笺诉轻语。
清水塘畔柳，依依留兹人。
兹人相见处，嫦娥舞袖时。

注：写于2022年6月。杨开慧烈士原诗：

天阴起朔风，浓寒入肌骨。
念兹远行人，平波突起伏。
足疾可否痊？寒衣是否备？
孤眠谁爱护，是否亦凄苦？
书信不可通，欲问无人语。
恨无双飞翮，飞去见兹人。
兹人不得见，惆怅无已时。

四言·永州游记

夜雨潇潇，诉尽寂寥。愚溪潺潺，湘水悄悄。
娥皇女英，捕蛇者渺。石潭淙淙，皓月空照。
莲华绽放，停杯品醪。湘妃迹远，信步萍岛。
苍黔念兹，民心为要。千年古城，盛世昭昭。

注：写于2023年6月。

故人酬唱

七言·赠友

幽居盛京忆旧游，金陵风雨几度秋。

仕女北来叙昔意，鸿雁南去诉今愁。

三载同窗景历历，两岁分读思悠悠。

何当相携览故里，再问寒雨敲何楼？

注：写于 2002 年 4 月就读东北大学期间。

六言·与友人

遥处异地他方，日子逾来逾忙。

岁月倏忽而过，又是一年时光。

爱心付出几许，情感几经沧桑。

家庭变故历经，成败荣辱饱尝。

己况一言难尽，问声可好同窗？

纵然联系减少，老友岂敢相忘。

圣诞新春来临，诚寄贺卡一张。

祝愿彼此共好，回乡再诉衷肠！

注：写于 2002 年 12 月。此诗为给同学的贺卡寄语。

四言·雪夜抒怀

寒雪飘飘，寒梅绽放。寒雪犹白，寒梅亦香。

尘世纷扰，雪梅谁赏？忆昔雪梅，同为同窗。

如今雪梅，各在一方。赏者何处，沦落沈阳。

岁月荏苒，难挽时光。又至新春，贺卡一张。

草书数语，慰勉同窗。泰山观日，登期无望。

一杯浊酒，互诉衷肠。淡泊如水，真水无香。

君子之交，山高水长。

注：写于2002年就读东北大学期间。

七言·重阳节和诗

江边枫落菊花黄，

孤影登高一望乡。

九日欲酌谁载酒，

共携楚客醉残阳。

注：2008年重阳节写于国防科技大学。岁阳兄原诗：

秋深桂落菊花黄，月照无眠病客乡。

袖拭江州司马泪，琵琶一曲醉重阳。

五言·端午节和诗

江雨迷荒渡，

犹闻兰芷香。

斯人归远道，

何处是吾方？

注：和于 2009 年端午节。读博中期，前路迷茫。岁阳兄原诗：

龙舟人竞渡，粽米竹飘香。

梅雨长沙道，离骚望远方。

七言·记旧友来湘

酒醒今朝无醉痕，

携游江渚望晴云。

橘洲若见击流处，

歌罢沁园天已昏。

注：和于 2009 年 7 月。岁阳兄原诗：

无花无酒无影月，亦山亦水亦风云。

玄舟半钓春秋里，一曲渔歌对日昏。

高中故友王波教授和诗：

湘江河畔会故人，朋友之谊似水深。

指点江山今犹昔，明日前程胜锦纶。

七言·赠高中同学

辜负竹笛十余春，

北国南疆未离身。

若论音律我称愧，

四海知己莫若君。

注：写于 2010 年 10 月。诗中高中同学在高中毕业时曾赠予竹笛一支。

五言·春节和师弟诗

白驹驰隙去，

神马踏云来。

过眼千般事，

何须挂子怀。

注：写于 2011 年 2 月。实验室姚师弟原诗：

嫦娥奔月去，玉兔踏春来。

由来多少事，一一难忘怀。

忆江南·端午

屈子恨，

千古吊凭中。

怅立楚江寒水畔，

天涯何处觅芳踪。

梅雨正蒙蒙。

注：写于 2012 年。又逢端午，实验室姚师弟和之，一改予诗悲凉意，予甚嘉许。

姚师弟和诗：

端阳至，

品粽话兴亡。

惯见逐流千帆过，

不改插艾万年香。

屈子不须伤。

七律·和师弟自嘲诗

五百年遇一奇才，冀有伯乐巧扶栽。

闲来修得咏雪慧，忙中练就补天材。

耳辨五音非为聪，身无正气即是歪。

天生吾侪必有用，醉卧沙场亦何哀。

注：写于 2012 年。姚师弟原诗：

虽怀大志无大才，枉费亲师十年栽。

笨手愚脑缺智慧，尖嘴猴腮短身材。

五音难全耳略聪，三生有幸鼻不歪。

常问此身当何用，无言以对不胜哀。

七言·和友人别长沙诗

云梦初辞复渡江，大作读罢忆潇湘。

卧谈床畔书生意，堕落街头红袖伤。

十载寒窗人未老，一蹄青骥路方长。

世情冷暖凭伊笑，期聚瓜州醉眼茫。

注：和于 2013 年夏。云梦：洞庭湖，指湖南。堕落街：湖南师范大学附近的商业
文明一条街，现已拆。瓜州：酒泉一县，代指酒泉卫星发射中心。友人原诗：

夜意沧桑过曲江，半轮明月照潇湘。

左街楼阁遮天意，右岸星灯照旧伤。

十载沉沦心向老，一时阵痛恨连长。

荒唐旧梦荒唐笑，旧日城中看路茫。

五言·旧友重逢

共度浮生半，尽消孺子鲜。

黄沙飞满面，绿酒慰尊前。

接物刚如火，待人柔似棉。

禅心观万事，岂惧世途艰？

注：2013 年夏，与久别舍友重逢唱和，舍友原诗：

日过星城半，天蒸路蚁鲜。

无风干汗面，有雨湿额前。

欲止身如火，将行足似棉。

奔忙生计事，不尽苦和艰。

五言·赠计量科学研究院同窗

嘉量陈殿阁，日晷相望列。

铜针度寅卯，玉斛定维则。

先贤道精微，吾辈岂言歇。

共筑计量梦，矢志促和谐。

注：写于 2013 年 10 月。观故宫古代量具有感，赠在辽宁省计量科学研究院工作的大学室友。

七言·贺寿

祝福声里华诞逢，陆地神仙语从容。

行舟滇池称妙算，长饮潇湘作醉翁。

生利锱铢施寰宇，日进斗金惠苍生。

快马加鞭人不老，乐将此身付金融。

注：写于 2014 年 7 月。

忆秦娥·仲秋诸友雅集分韵得"月"字

乡音切，金风萧瑟飏枫叶。飏枫叶，漫山红遍，层林如血。

青灯暗换迎佳节，今年还似去年月。去年月，心光照见，云舒天阔。

注：写于 2018 年 9 月。

七言·诸友踏青挖荠菜步韵友人

如寄人生觉岸遥，岂唯黄卷渡仙桥。

泥衔新燕鸣春韵，酒煮青梅溢挂瓢。

漫道大千犹蝶梦，堪怜寸草若纤腰。

喜得荠叶成娇耳，坐眺晚亭暮云烧。

注：写于 2019 年 3 月。友人诗：

（其一）

醉心兴马意非遥，渡口波连舟作桥。

景好终须人过路，堤长未足雨筐瓢。

居然居士伸钳子，如是如来送细腰。

香喷菜蔬皆就地，欲归犹近暮云烧。

（其二）

猗人淑景不辞遥，忙趁青阳过野桥。

更值新晴催杖履，何堪陌巷老箪瓢。

渔矶久钓春三月，江水初生柳半腰。

且放烟舟凫渚去，回看天北万云烧。

七言·端午兼和伟东教授

岁岁曾闻艾叶香，朱颜暗换亦时伤。

泛舟且进青蒲酒，品粽尝吟南舍桑。

寒暑无情催白发，浮沉万事寄黄粱。

云开碧海澄明日，长剑横空倚太行。

注：写于 2019 年 6 月。伟东教授诗：

艾草青青粽叶香，忽惊不惑易成伤。

壮怀斟满雄黄酒，俯首吟来陌上桑。

屈子九歌悲白发，伍员一夜梦黄粱。

浮舟沧海云帆日，明月清风过太行。

五言·清明祭

我有一壶酒，可以慰风尘。

瘴疬卷鸿蒙，谁堪善其身。

逆行如神电，大爱拯黎民。

多难兴邦国，梨花伴忠魂。

注：写于 2020 年 4 月。吕政委原诗：

清明祭

我有一壶酒，可以慰风尘。

斯人虽已去，吾辈岂闲身。

朝思战疫烈，暮想众英魂。

振起强军志，重塑凯旋门。

七言·送西安交大梁教授回国

五月花繁疠渐清，鹭飞云影镜湖平。

鞍前谈笑人如旧，宇下蛰居发复生。

因觅自强担宝笈，共寻醇酒醉东城。

重洋万里常相忆，此去长安辟鸿蒙。

注：写于 2020 年 7 月。英伦杂记之二。

五言·踏雪寻梅和董老师

寒梅初绽时，

幽香不得觅。

欲赏之何处，

雪泥鸿爪迹。

注：写于 2020 年 12 月。中国科学院国家空间科学中心董老师诗：

错失红叶时，踏雪不得觅。

萧萧凭高处，林下见雪迹。

七言·和湘雅医学院唐医生

夜雨潇湘唱晚舟，

人生如梦寄乡愁。

晴岚山寺江天雪，

枫影红摇一水秋。

注：写于 2021 年 9 月。唐医生诗：

雨夜潇湘濒一舟，朝阳寄梦钟声秋。

独钓江雪温浊酒，孤客天明望乡愁。

七言·和友人诗

夕阳著水柳含烟，

古道黄尘伴日圆。

大将筹边气犹在，

台中亦有玉门关。

注：写于 2021 年 10 月。友人诗：

瀚海遍寻步飞烟，长河抱送落日圆。

封狼居胥安何在，流沙犹在吟阳关。

满江红·和维波兄

世界大千，忆秦汉，浩气人间。凭栏处，醉飞盈盏，佳肴美馔。一壶浊酒意正酣，朗朗月色照无眠。这尘世、休辜负华年。敢为先！

情难已，血气染。志莫改，取雄关。看神州，百二山河可短？数点渔舟归唱晚，枫叶飘红洒满天。尧舜地、苍黔力无边，岂留憾！

注：写于2024年2月。维波兄词：

满江红·回乡感怀

夜放花千，缈辰汉，春暖人间。流连处，锦觞华盏，琼浆玉馔。书生意气情正酣，桂花载酒乐无眠。看盛世、方几度华年？志争先！

心未已，鬓霜染。时虽改，念秦关。十六州，道尽英雄气短。老骥伏枥桑榆晚，寒甲秋风霞满天。销魂地、落无定河边，生无憾！

散体词·和友人

秋风长，旌旆黄。纵马驰骋挽弓强。东南望，驱豺狼。猛士如云镇四方！

注：写于2021年10月。友人原作：

落日长，胡杨黄。大漠追沙金风强。西北望，射天狼。城关千古守四方！

新诗·中秋国庆双节

雁断清秋，

一杯浊酒。

月如旧，

情如旧，

浅吟低唱年年有，

婵娟长久。

注：写于 2020 年 10 月。吕政委诗：

红叶知秋，

深情如酒。

人依旧，

山依旧，

明月时时心中有，

此情长久。

七言·初中毕业

三年岁月何匆匆，不晓竟至别友亭。

畅怀共饮道珍重，举杯邀月送君行。

时光尽把往事冲，难忘昔日之旧容。

风雨十年同学心，悠悠三载同窗情。

投桃报李心相通，倾心交友友挚诚。

四海唯我知君意，莫叹前路己伶仃。

桃花千里香飘去，别友亭中定重逢。

今唯祝君程似锦，尽将诸言置心中。

注：写于 1996 年夏。

五言·夜读红楼

残花谁人葬，悲魂断潇湘。

都云颦儿痴，谁堪禁风凉。

炽焰覆林雪，泪落由何方。

犹见青灯雨，千古终绝唱。

注：写于 1998 年 8 月。高中初读《红楼梦》时所作，写于家乡邹城。

七言·琵琶行续

夜阑人静客已行，船畔月照对双影。
"梁绕余音岂三日，听君琵琶萦一生。
天涯知音何处觅，相知何必曾相逢。"
"琵琶弦断谁曾听，感君为作琵琶行。"

浮梁买茶夫已归，夫归不见夫笑容。
"三更司马同船渡，汝若杨花依水性。"
"妾身属君青天证，任凭路人说风情。
司马听曲湿青衫，哪得贱女置心中。
身在江湖多流浪，心如冰雪一片清。
身孤几曾泪悲起，心脆那堪流言袭！"

九江春水送春至，司马邀见琵琶亭。
畔临江岩托亭起，光浮玉壁栏杆影。
数只渔舟归唱晚，紫霄峰上接苍穹。
高山流水为谁在，枝头黄莺为谁鸣。
但愿明月常相照，时若弹指一帆轻。

花好月圆安常在，一纸休书舞东风。
总角春园戏彩蝶，垂髫习书绘秋景。
豆蔻石径咏诗经，十三学得琵琶成。
弟走从军阿姨死，浮萍载我四飘零。
飘零十年谁相伴，唯我琵琶声铮铮。
老大嫁作商人妇，岁月催老何有情？

风吹浮云恍一梦，试向何处了此生？

悄然姗姗至江头，琵琶亭对苦命收。
茫茫黑水托孤舟，从此江心是尽头！

司马所见唯何物，一带泪衫祭亭后。
忆昔初见在江头，一种曲调两处愁。
自叙少小欢乐事，共听船底水淙淙。
故人已抱琵琶去，此地空余琵琶亭。
琵琶一去不复返，落红逐水一匆匆。
贤臣失意由来多，才女命薄今古同。
日暮宦途何处是，一瓢江水祭东风。

注：写于1999年6月。高中学完课文《琵琶行》后所作。

江城子 · 高中毕业

雨打芭蕉醉平阳，折杨柳，送同窗。小城一别，会期两茫茫。汽笛一声欲断肠，还相请，无相忘。

相识相知已成往，两地书，飘何方。纵然沧桑，心底永珍藏。料得故园重逢时，雪犹白，梅亦香。

注：写于 2000 年夏。

六言 · 新回乡偶书

不甘清贫一生，立志求学盛京。
时光荏苒岁余，回首方觉如梦。
只知年少气盛，怎解近乡怯情。
来年更当倍勤，看吾名就功成。

注：写于 2003 年 8 月。

七言·悼陈晓旭

红楼谶语竟成真，一曲葬花哭煞人。

落叶萧萧竹涌泪，寒烟漠漠月啼痕。

晨钟暮鼓惊尘梦，佛号经声入禅心。

而今化蝶登仙去，千古唯余一俏鬟。

注：2007 年 5 月写于国防科技大学。2007 年 5 月 13 日，1987 版《红楼梦》林黛玉扮演者陈晓旭（妙真法师）英年早逝。此为哀悼之作。实验室贾师兄同韵诗：

红楼别后化今身，专续前缘饰旧人。

闲去葬花抛清泪，病来焚稿付黄尘。

尽销翠黛寻真果，长落云鬟问善因。

邀上慈航归净土，那堪脂粉效仙鬟。

五言·庚寅冬雪偶感

（其一）

一夜寒风紧，

推轩雪尚飘。

晏眠迟日晚，

寰宇尽妖娆。

（其二）

北国田千畹，

禾麻叶半焦。

何来无忌手，

移雪润春苗。

注：2010 年 12 月写于长沙。时逢我国北方大旱。无忌：《倚天屠龙记》中张无忌身怀"乾坤大挪移"之绝世武功。

一剪梅·无题

才羞谢女馥比仙，独上画阁，悄卷珠帘。调罢瑶琴诉薛笺。文也如兰，人也如兰。

红粉朱楼春阑珊，相识恨晚，此生难圆。愁绪剪断丝犹连。醒亦相牵，梦亦相牵。

注：写于 2011 年 6 月。对武侠奇女心有独钟。

五言·记梦

郯郯潇水畔，暮雨乍收时。

旷野传鸿论，烟波澹玉姿。

冰肌疑幻梦，低语问归期。

与君心已通，何须怨别离。

注：写于2011年7月。昔有庄周梦蝶，今有予梦中之梦。

七言·咏海棠兼奔四有感

春深寂卧客他乡，

点破海棠欲断肠。

鸾镜朱颜惊暗换，

共托不惑伴春光。

注：写于2018年4月。

水调歌头·回乡

久有凌云志，重回庄里村。千里来寻故地，阡陌逢旧人。到处锦坊林立，更有新居棋布，无改是乡音。蓦然逾不惑，箭矢催光阴。

烛影摇，杯盏动，酒频斟。四十年似弹指，天命已然奔。稚儿绕膝笑问，客从何处归来，白发已鬓鬓。人生如一梦，今宵再思君。

注：写于 2022 年 2 月。吕政委和词：

水调歌头

空有冲天志，难放故里情。千里天涯故地，梦里数繁星。不知乡居在否，更问旧友几何，乡音已忘情。蓦然过半百，韶华已不明。

残影摇，酒盏空，叹频出。五十年似弹指，黄杯已成形。老林枯草旷野，二日四海八荒，白发已梳狂。人生恍如梦，一醉叙相逢。

五言·和林语堂译作

同心相牵挂，一缕情依依。
共读宛昨日，儿女忽绕膝。
初见若惊鸿，对雪曾联诗。
站台泪莹莹，广场风习习。
岁月如梭逝，青丝渐已稀。
各在天一涯，此去千余里。
南国生红豆，相期遗君时。
愿睹芳容笑，平生慰相知。

注：写于 2022 年 2 月。

钗头凤·拟陆游

一江月，一水秋。一缕青丝半生愁。同窗情，似留恨。红袖难忘，来世情柔。酒，酒，酒！

一掬泪，一声秋。月浸莺声呜咽愁。几许情，几多恨。濡沫难忘，怎消情柔。休，休，休！

注：写于 2023 年 7 月。

七言·围炉夜话

四载同窗未曾离，寒雪纷飞伴自习。
解意每于风雨处，暖怀更在寂寥时。
尝因落拓哀心冷，偏有相逢杨柳枝。
九月京华秋不远，窗前细语应有期。

注：写于 2023 年 9 月。

新诗·赠中华优秀传统文化传承者李子柒

最是那一刻的回眸，

眉心印红，

仿佛少女的娇羞。

飞雪连天的窗外，

踏雪寻梅，

梨花偏上玉人头。

漫山遍野的桑葚，

封上罐口，

尘封了儿时的心事，

酿作春来一樽果酒。

谁言往事不堪回首，

深山中的古朴村落，

那茂林修竹，

传来魏晋名士的风流。

扣弦而啸，

深谷幽兰，

远离尘世的名利权情。

我只爱一袭的红衣，

半生的温柔；

和炉畔，

唤不醒的黄狗。

注：写于 2020 年 1 月。

扬州慢·答李君

寒窗双中，彩蝶飞送，恍觉日月匆匆。忆往昔同程，徒爽笑朦胧。那敢得朗月寒潭，方塘止水，清影晴空。何奢望伯牙子期，弦断谁听？

幢幢青灯，面壁千年图业成。看桃绿李红，琼枝尽展，翠叶拂风。弹指二百光景，喜相逢，点笔续梦。已足同窗情，更待同学成功。

注：2000 年写于山东邹城一中。时值高三，收到旧友李红（妻）信笺，有"心如朗月连天净，性似寒潭彻底清"之句，故作以答之。

五言·壬午夜雨偶感遥寄李君

寒雨敲窗夜，
孤身独宿时。
乡声萦枕畔，
娇妻可曾知？

注：2003 年冬写于东北大学。

西江月·两地思

春花红染塞外，芳径独自徘徊。暂却书山与题海，领取须臾自在。
相识相知两地，鸿去鸿来六载。待到学成还乡时，与君共赏花开。

注：2003 年写于东北大学，时与女友相恋。

四言·答贺卡诗

桃符更新，贺卡传来。芳笺题诗，诗情可爱。
橡树木棉，此言诚哉。忆昔童稚，两小无猜。
结伴学堂，共读书斋。关山迢遥，远赴塞外。
相识相知，鸿去鸿来。东园芳径，几度徘徊。
呼酒买醉，缄口难开。红袖添香，山盟终白。
玉露金风，互敬互爱。花好月圆，安得常在。
悲欢离合，何须萦怀。男儿有志，志在四海。
发愤攻读，吾非书呆。国防建设，需要栋材。
科大学成，翩翩归来。慰你幽思，切莫烦哀。
胡诌数言，权当文采。佳节来临，寄吾至爱。
愿君捧腹，笑倒妆台。

注：写于 2003 年 12 月。女友寄来贺卡，用清秀的笔迹书有舒婷《致橡树》一诗。

四言·慰相思词

迎风并肩，北祭陵园。携手艳阳，拥吻铁山。

乡道暮起，幽会门前。战战兢兢，恐见泰山。

鞍马未顿，北赴曲园。执子之手，指点江山。

半壁古道，相依相挽。幽情中来，畅诉感言。

踏回乡路，拿出坐垫。十指夸巧，不负针线。

倚吾宽肩，两手紧缠。淡淡发香，袅袅扑面。

凝眸相视，终胜有言。临别所赠，藏在心间。

时时拂拭，唯恐尘染。相伴朝夕，须断情连。

此情绵延，度越重山。慰君相思，吾心已还。

枕边伴汝，清泪濡沾。时过清明，春花红染。

念尔芳名，伴吾入眠。半床落月，透过窗前。

盈手相赠，千里婵娟。华年易逝，春宵苦短。

如花美眷，似水流年。前生注定，莫错姻缘。

西湖雨天，风送游船。百年共枕，十年同船。

只饮一瓢，弱水三千。新观梁祝，思绪翩翩。

何须化蝶，但惜生前。有梁祝洞，在彼峄山。

来日相携，慕名一览。只羡鸳鸯，不羡神仙。

今朝努力，明日长伴。琴棋书画，柴米油盐。

我为橡树，君为木棉。分担霹雳，共享流岚。

日落西山，把汝吻遍。求一千金，悉心教管。

庸淡生活，但求平安。追求事业，如日中天。

心存忠孝，志在圣贤。守份安命，顺时应天。

家和门顺，亦有余欢。同得同乐，共享天年。

人生虽短，复留何憾。情长难尽，奈何巾短。

娇妻珍重，细品夫言！

注：2004 年 3 月写于东北大学。这是写给女友的信。最早发表于"我看看"网站，编辑曾有评语"文字别致，意境悠远"。陵园：家乡山东邹城北郊烈士陵园，年初二与女友曾去祭拜。铁山：邹城名景，依山而建铁山公园。内有传说中的八仙之一铁拐李的脚印。年初二与女友同游于此。曲园：女友就读的山东曲阜师范大学校园。半壁古道：曲阜的半壁街。因沿街一侧为孔庙高墙，故称半壁街。临别所赠：所赠是剃须刀，对应后文"须断情连"。峄山：位于邹城，传说秦始皇曾登临此，并令人刻石以颂秦功德。又有梁祝读书洞。所憾者此山虽在家门至今未登。橡树、木棉、霹雳、流岚：取自舒婷《致橡树》，女友送我的第一份生日礼物卡片中写有此诗。

七言·临别互赠诗

（其一）

良宵一夜虽苦短，

夫妻恩爱话缠绵。

明日临行今相会，

与君相约期不远。

（其二）

十年相知聚太短，

夜夜梦君共缠绵。

分度数月定相会，

比翼双飞到永远。

注：2004 年寒假即将结束时和女友分别前互发的短信，前首为女友所发。

七言·贺妻执教两周年

廿载精修辞麓山，执鞭泐水正华年。

书声隔岸摇池柳，碧草夹堤迷杏园。

已许侬身燃凤蜡，岂缘玉币市雕鞍。

新苗欲润成嘉树，雪落云鬓亦畅然。

注：写于 2010 年 4 月。妻已于宁乡一中执教满两周年。

五言·赠爱女芷潇

漠漠香如芷，

清清目似潇。

熏风拂秀耳，

侬语倍含娇。

注：写于 2011 年 10 月。思念在老家的 9 个月大的女儿（小名湾湾）。

四言·考驾照有感

头脑灵活，手脚笨拙。

多加练习，方能通过。

不要灰心，胜利在握。

妻女在家，遥相祝贺。

注：写于 2012 年 8 月。

四言·乔迁有感

浏河汤汤，水榭听香。明月入户，榴花绕墙。

几丛翠竹，千盏霓光。虫鸣鸟语，裙舞袖张。

儿女欢笑，雀跃厅堂。品茗对弈，翰墨挥扬。

把酒言欢，凭栏尽望。共享盛世，万家安康。

注：写于2015年6月。予乔迁至浏阳河畔听香水榭小区，纵债务缠身，时势艰难，然喜过于忧。"水榭听香"出自金庸《天龙八部》诗词《苏幕遮》"向来痴，从此醉，水榭听香，指点群豪戏"。听香水榭是书中阿朱姑娘的居所。

四言·邓氏家训

（起居习惯）

黎明即起，慎独节制。案洁笔正，庭除有序。

（待人接物）

慈悲仁爱，和睦孝悌。从善交游，春风侠气。

谦和低调，言辞无鄙。彼短罔谈，己长靡恃。

（修身养性）

心系家国，诚信守纪。感恩乐助，匡扶正义。

俭约勿攀，开阔大气。小利莫贪，寸善为之。

容融似水，韧直如石。温淑有礼，形端身立。

景行时省，见贤思齐。愈挫弥坚，乐观进取。

（治学立业）

勤学广才，自立于世。学以致用，知行合一。

惜时趁早，专注凝气。矢志担当，谨慎周密。

追求卓越，臻于极致。慧行毅勇，终成佳器。

注：写于 2017 年 7 月。

七言·采桑葚

桑园千亩傍山隈，
紫葚累累颔欲垂。
稚子欢言捧佳酿，
春风桃李酒一杯。

注：写于 2018 年 5 月。

四言·赠女

邓家有女，已初长成。面若桃李，豆蔻娉婷。

品学兼优，孔孟师承。知书达礼，天资聪颖。

心地纯善，利乐有情。服务社区，甘为义工。

醉心美术，嗜书如命。自得妙趣，函数方程。

强健体魄，蹦跳长绳。十指夸巧，长笛雅声。

赓续基因，效学雷锋。红色讲师，研学洞庭。

屈子之心，子厚之风。似兰斯馨，如松之盛。

芷之在潇，芳草青青。心系家国，栋梁早成！

注：写于 2022 年 2 月。

【下 篇】

楹联书法

楹联·建院五十周年

（一）

对地观测，尽阅万流归海；

空间监视，极览众星争辉。

（二）

目标识别，万象纷杂皆有数；

精确制导，千里攻击竟无偏。

（三）

电磁干扰，浩瀚苍穹斩敌手；

网络对抗，虚拟世界显神威。

（四）

风风雨雨，五十载艰苦奋斗；

岁岁年年，四院人励志图新。

（五）

黑水白山，四系横空出世扬名三军；

湘弦楚韵，四院意气风发争创一流。

注：写于 2011 年 9 月。庆祝国防科技大学电子科学与工程学院建院五十周年。

楹联·高中毕业十五周年聚会

（一）

十五年寒暑，踏遍大江南北；

重聚首母校，共叙同窗深情。

（二）

三载同窗，劝学亭畔景历历；

十五重聚，成器碑前意融融。

注：写于 2015 年 10 月。重返母校邹城一中参加高中同学聚会，风物依旧，同窗情深。

楹联·赠中信银行宏旭行长

中流击水迎旭煦鼎兴百业；

信马扬鞭展宏图利惠万家。

注：写于 2015 年 12 月。应中信银行人民路支行宏旭行长之邀而作。

楹联·庆祝太赫兹实验室成立

历时四年，太赫兹实验室艰辛初创，先贤曰"富有理想、长于事功"，诚哉！故予作长联以志之。

> 基础研究强我神州劲旅；
> 前沿技术造福天下苍生。

注：写于 2016 年 4 月。太赫兹雷达实验室落成，欣赋此联并以楷书书之。

楹联·挽英雄飞行员余旭

余晖渐西坠，那堪翼折影乱、玉殒香消，欲闻金雀声何在？
旭日已东升，争忍漏尽夜阑、神伤思黯，犹见长空气永存。

注：写于 2016 年 11 月。因飞机失事，空军飞行员余旭壮烈牺牲，予久不能寐，作此联悼之。

楹联·会友

（一）

上联：湘水有情，岳麓山下会故友；

下联：君山忆古，洞庭湖畔觅知音。（姜教授对）

（二）

上联：湘水有情，岳麓山下会故友；

下联：书院无声，橘子洲头忆初心。（董教授对）

注：写于2016年。与友人赴岳麓山下润泽天餐厅，予出此上联，诸友对之。

楹联·和国际关系学院吴老师

梅雨经旬，星月可曾思见我；

东风拂面，海天漫道阻归心。

注：写于2020年8月。英伦杂记之三。

楹联·悼陈定昌院士

六载哀欢，匆匆永诀，音容犹在，碧血丹心称国士；

一身正气，浩浩空天，重器巍然，华夏复兴慰君心。

注：写于2020年9月。老先生是我博士论文的评阅者，我们项目组的专家，也是即将召开的会议的共主席，大约六年前曾去过在京的家，惊闻噩耗，沉痛悼念。

楹联·挽程开甲院士

大隐二十载，瀚海无涯，甘为大国铸重器；

淡泊一生世，期颐有幸，肯将碧血书丹青。

注：写于 2022 年 2 月。

楹联·电子楼喜迎新春

（其一）

智能引领，电磁空间制强敌；

感知赋能，电子铁军建奇功。

（其二）

为军向战，高地高智高边疆；

奋进一流，大楼大师大先生。

（其三）

桑弓射玉衡，巍峨高塔耸立；

雷达探狼胥，电子铁军担当。

注：写于 2025 年 1 月。

楷书作品

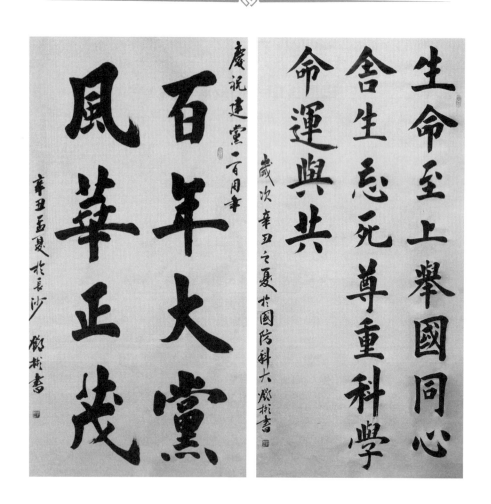

生命至上舉國同心
舍生忘死尊重科學
命運與共

歲次辛丑之夏於國防科大 鄭樹書

百年大黨
風華正茂

慶祝建黨一百周年

辛丑孟夏於長沙 鄭樹書

天道酬勤

甲辰春彬书

厚德载物

壬寅六月彬书

靳兄雅正

华夏腾飞

庚子秋彬书

慶祝建國七十五周年

雄關漫道真如鐵
而今邁步從頭越

歲次甲辰之秋於長沙 裕樟書

今天所做之事勿候明天
自己所做之事勿候他人

歲次戊戌之冬於長沙 裕樟書

湘江遠眺嶽麓頂星蘊韶光攬望眼

雁聚衡岳桃李芬橘子洲頭觀百舸

跨綫橋畔看斜陽曾記否同學恰年

少意氣長懷鳳志閱千卷輦鼓疾鬥

志昂熔爐鍛神兵一朝鋒芒明日請

纓赴關山躍馬沙場又何防待歸来

仍舊時少年醉一塲

癸卯秋月鄧樹立

独立寒秋，湘江北去，橘子洲头。看万山红遍，层林尽染；漫江碧透，百舸争流。鹰击长空，鱼翔浅底，万类霜天竞自由。怅寥廓，问苍茫大地，谁主沉浮？

携来百侣曾游，忆往昔峥嵘岁月稠。恰同学少年，风华正茂；书生意气，挥斥方遒。指点江山，激扬文字，粪土当年万户侯。曾记否，到中流击水，浪遏飞舟。

滚滚长江东逝水，浪花淘尽英雄。是非成败转头空。青山依旧在，几度夕阳红。

白发渔樵江渚上，惯看秋月春风。一壶浊酒喜相逢。古今多少事，都付笑谈中。

行书作品

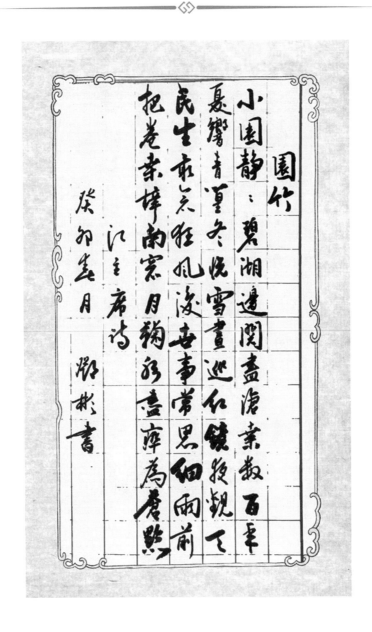

盛夏咏蝉

西陸蜉蝣唱，南冠旅思深。

不妨玄鬓影，未封白頭吟。

高枝飛短篷，風多響易沉。

芳人信高潔，誰為表予心。

癸卯三夏　邮裁書

空间所的记忆：那些人、那些诗

空间所前身是四院 ATR 的 SPDF 课题组，我 2004 年加入，此后发现自己舞文弄墨的本事不过是三脚猫功夫，组里藏有不少文人、诗翁，有些像隐士，不发威不知道。蒙诸兄弟姐妹青睐，我往往是他们作品的第一读者，也因此基本了解全所诗词与文学创作的历史与全貌。现在把我所了解的建所以来所里人写的文学作品（尤其是诗词）汇编于此，权当存照。包括：贾宇平、李彦鹏、姚辉伟、刘承兰、杨进、杨小琪等。相信很多大家都不知道。

一、贾宇平：开空间所诗词创作之先河

作品一：数载从戎

数载从戎去帝都，吴钩未启斩匈奴。

久容异寇窥神器，安忍分庭裂宝图？

多景楼头心与共，赏心亭侧志非殊。

但得羽檄飞沧海，剑指东溟扫逆胡！

作品二：年少经戎马

年少经戎马，潇湘四载家。

枕戈听画角，倚剑待清笳。

东海金瓯缺，南天汉月斜。

请缨从此去，万里静胡沙。

【作品评述】贾师兄古典文学功底很深，我所知他写的诗就上面两首，实际上应不止。诗风气势磅礴、古意盎然。我自己写的很多诗都受过他的指点，并间或有些唱和之作。他还写过一篇关于《登鹳雀楼》的诗评，发在组内论坛上。后来贾师兄去京后就联系很少了。

二、李彦鹏：偶有所作，便臻绝唱

作品一：痛悼外祖母仙逝

己丑年十一月廿四凌晨，梦中惊魂，吾祖仙逝，噩耗传来，痛不欲生；思汝此生帮子携孙，贫寒劳作，何其痛哉！师承祖志，唯愿我祖在天之灵聊以慰藉。

> 生在柴扉里，劳作桑梓间；
> 饱尝布衣苦，柳肩荷重担。
> 春播夏耕耘，粗茶又淡饭；
> 秋收冬织纺，巧手御贫寒。
> 韶华多饥馑，战火益硝烟；
> 老骥固伏枥，国富已暮然。
> 平心和乡邻，任劳且任怨；
> 一为国与家，风节为风范！
> 汝在有山依，扶携年复年；
> 教诲每周详，贫富相尽欢。
> 汝今驾鹤去，吾辈痛怎堪！
> 此心奉汝归，日月寄眷恋。
> 太白送君行，天庭辟冷暖。
> 以身履托嘱，聊慰吾祖愿。

作品二：作别伊人

> 晨风中少女的歌声，
> 是我昨夜梦中的驼铃；

晚霞边恋恋的夕阳，
刷新朝思暮盼的归程。

依稀是相识的小径，
脉脉中含羞地深凝；
到敞开久掩的心扉，
焐散你素手的冰冷。

促膝相诉生生的憧憬，
围炉吟诵、共沐黎明；
含情时未觉光阴的脚步，
已然离别号角在频仍！

再一次问粒子的分合简并，
再一次数校园的晴夜繁星；
再一次抚威武的护校雄狮，
再一次揽哈河的浮光柔影！

却不能宣泄磅礴的眷情，
却不能动摇不变的初衷；
却不能溶解离别的无奈，
却不能浇铸时间的永恒！

分明是前年的瑞雪相迎，
化作今朝的飘雪相送；
逐去伊人的彷徨形态，
深锁真情在爱恨的曼城！

【作品评述】李彦鹏老师，江湖人称"大师兄"，诗写得不多，但每篇都写得很好，不像我无病呻吟。那篇祭文，他曾在外祖母葬礼上读过，语言平实但情真意切，感人至深。《作别伊人》曾发表在校报上，自此我方知李老师新诗竟然写得如此之好，颇有徐志摩之风。其中的"伊人"指哥伦比亚大学。

三、姚辉伟：酱油诗人

作品一：观学校烟花有感

时光荏苒何匆匆，携笔从戎已十冬。

国运昌隆无战事，科研尖端有微功。

深知神圣使命大，不悔峥嵘岁月浓。

他日遂我凌云志，灿若烟花笑晚空。

作品二：观《雪山飞狐》灵素一角有感

洞庭有佳人，深居在幽谷。

清风盈红袖，玉臂荷春锄。

仁心解世怨，妙手助飞狐。

欲托君无意，脉脉饰刻骨。

【作品评述】姚辉伟师弟著述颇丰，并著有《打酱油集》一部，以上仅为恒沙一粒。《观学校烟花有感》可见师弟飞黄之兆已现，尾联我曾用毛笔书写在信笺上送给他。我博士论文致谢中的"未逢战事，科研建功"即化用此诗颔联。第二首中程灵素是金庸小说中我最欣赏的女子。

四、刘承兰：深谷幽兰

作品：科大十年

弹指一挥间，科大已十年。

几多酸苦甜，姐妹同尝遍。

幸汝为知己，今生了无憾。

未来人生路，挚友共相伴。

【作品评述】阿兰生于孔子的故乡曲阜，与我是老乡。她不仅学业优秀，还是跑步健将，偶尔写写小诗。此诗是她毕业前所作，情深义重，朴素无华，堪慰平生。

五、杨进：焰火诗客

作品：杏叶伊人

我把思念
绵长
串成了香黄
在翩翩杏叶间

我用心思
思量
凝结成墨香
在淡黄的杏叶上

我拾起一片杏叶
我触摸一段往事
在水伊人，往事如风
我沉浸于淡淡的快乐和忧伤

我挥去那片片杏黄
我作别那昨日的脸庞
却不能挥去她的身影和笑歌
所谓伊人，那淡而忧的乐与伤

【作品评述】杨进师弟擅长新诗，前文收录的学院诗朗诵节目两篇新诗杨进弟居功甚伟。上面这首诗选自他的诗集《焰火此岸》，清新自然，蕴含着对梦中伊人的浓浓思念和淡淡忧伤。

六、罗成高：光电文青

作品：出塞曲

瑶池玉露盼天子，北庭故城绕胡笳。

太白诗酒传千古，嘉州文章耀中华。

汉帝铁骑越葱岭，可汗胡马避汉家。

伊人江南多苦色，戍客瀚海老韶华。

男儿仗剑守昆仑，定叫象卒埋黄沙。

伏案挑灯劳案牍，梦回阳关至塞下。

【作品评述】罗老师是课题组特招入伍的青年教员，以光学出身入电子之门，科研不亦说乎，同时工诗擅画。这首诗是他去新疆某部队代职后写的，有感而发，颇具边塞雄风，满是军旅豪情。

七、杨小琪：九○后才女

作品：中秋应景

潇潇甲午雨，森森黄海涛。

悲歌吟忠魂，残月照寒宵。

巢覆无完卵，墙危人亦摇。

折桂非供赏，佐酒祭征袍。

【作品评述】小琪是实验室师妹，九○后才女，高中时就写过洋洋洒洒的七言古风《铜雀赋》。这首诗既有《红楼梦》中即席联诗之风，也透露巾帼豪情，使人想到"始知绝代佳人意，即有千秋国士风"。

SCI 论文高产作者向同学介绍经验

12 月 17 日下午，103—104 教室，电子科学与工程学院博士生 7 队第二期"创先争优、共同进步"论坛现场掌声阵阵，气氛热烈。本次论坛邀请该队学员戴焕尧、邓彬、李健兵 3 位 SCI 高产作者介绍学习、科研体会，尤其是撰写高水平 SCI 论文的经验。李健兵已发表 SCI 论文 18 篇，是我校工科博士生 SCI 论文的高产作者。创先争优活动开展以来，该队党总支坚持把博士生学习成才作为创先争优活动的基本载体，取得较好效果。

3 位学员从不同方面介绍自己的科研体会和 SCI 论文写作经验。他们既介绍成功经验，也披露投稿曾经被拒的教训。邓彬还以 Significance（意义）、Creativity（新意）和 Implementability（可行性）重新定义和阐述 SCI。他认为这是一篇高水平学术论文的三个核心要素。

该队政委戴炜高度评价 3 位学员的精彩报告，并希望全队学员向他们学习，以全面提高自己创新能力的实际行动，深化创先争优活动，为军队现代化建设作出应有贡献。

注：本文作者许可，发表于 2010 年 12 月 31 日《国防科大报》。

让艺术灵光融入科研

邓彬，电子科学与工程学院博士，来自有着"孔孟之乡"美誉的山东邹城，攻博时在队里是名副其实的明星。他德艺双全、文理兼备，不仅发表多篇高水平学术论文，是有名的"论文高产户"，而且人文素养超群，诗歌、书法、篆刻样样拿手。他在校报发表多篇散文诗赋，多次在学校、学院举办的征文、书法、摄影比赛中获奖。其文学作品文笔优美、感情细腻，深受广大学员喜爱。在学院50周年院庆晚会上，他与老领导、老专家同台献艺表演书法，执笔挥墨如泼，字体刚劲豪迈，流畅如行云流水，为晚会添彩不少。

初次见他是在学员队组织的"博士生做科研和论文写作专场报告"上，他为我们低年级学弟学妹做《大而通心必专：读博生活如何度过》及《言之无文，行而不远——SCI论文写作心得》的专题报告。外表温文尔雅、气宇轩昂的他谈吐诙谐，思维敏捷，视野开阔，他的报告引经据典，图文并茂，情理相容，深刻而耐人寻味，听过之后令人深受启发。他读博期间课程成绩居同级前茅，科研能力突出，参与完成国家、军队和学校项目9项，其中一项拟申报军队科技进步二等奖。学术研究成果丰硕，在学校优秀博士生创新基金3年全程资助下，在IEEE和IET期刊发表SCI论文7篇，其中4篇被检索，3篇在审，EI论文9篇，教育教学论文2篇，含在审论文共计20余篇。获专利1项，申请1项，出版译著1部。在读期间获教育部"学术新人奖"、校级优秀学员、光华奖学金等各类荣誉和奖项13项，系IEEE学生会员、IEEE和IET雷达域期刊审稿人。他所取得的成绩得益于扎实的理论功底和坚持不懈的拼搏努力，同时也得益于不断积淀起来的深厚的人文素养。

他取得如此丰硕成果的秘诀之一就是注重科技素质与人文艺术融合式发展。他常说在科学研究中需要用艺术的眼光审视问题，将问题升华到理论层次，以哲学的思维抽象出问题的本质，以美学的视角构建模型寻找解决问题的最佳方案。他在解决问题的过程中享受一种超越自我的精神追求和寻求问题最优解的艺术美感。结合科研攻关中的心得体会，他从学术研究的角度论述科研创新的技巧以及如何培养创新能力，在科大首次以工科博士生的身份作为第一作者发表创新教育论文，在创新要素与创新动机的思考基础上，结合课题研究的创新实践，从问题创新和方法创新方面总结了相应的创新技巧，对工科博士创新能力的培养提出若干建议。

如何提高人文素质？他认为至少要在诗文、绘画、书法、乐器、雕刻、摄影等文学艺术方面掌握其中的一样技能，并使之在心中、在科研活动中与科学和谐相处、互相促进，如书法中的几何学、书法中的图像处理、书法字的图像熵、书法章法有助做 PPT，掌握用人文知识分析、理解、解决问题的能力。在做课题的过程中注重培养人文素养与科学的交互，集成大智慧。他风趣地说能发 SCI 不算什么，知识、能力、素养全方位发展才算牛。

求精不求多是他在学术研究中秉承的一贯作风，他始终认为只有把问题讲透，才能吸引别人的目光，赢得别人的青睐。原本一篇论文可以拆后分开投，但他却将 20 多页的论文压缩成 15 页发表在 IEEE Trans，正是这种精益求精、至臻至美的严谨求学态度，使他发表的论文一投即中，还出现审稿人感谢作者的情况："The paper has been adequately adapted according to the suggestions. Thanks for the effort of the authors. No more comments from my side." 这种情况并不多见。

注：本文作者张路平，发表于 2012 年 6 月 4 日《国防科大报》。

我校太赫兹频段目标特性测量取得进展

近日，我校太赫兹目标特性研究取得新的进展，利用时域光谱系统成功测量了目标重要电磁参数 RCS 数据。

太赫兹波长范围 0.03mm ~ 3mm，介于毫米波与红外之间，由于研究较少，被称为"太赫兹空隙"。近年来，太赫兹波在安检、通信和雷达上呈现出广泛的应用潜力。其中 RCS 测量是太赫兹雷达应用的基础，对精确制导、防空反导、临近空间防御等具有重大意义，属于电子学与光学的交叉学科。

4 月 10 日，电子科学与工程学院教员邓彬带领 3 名研究生在理学院教员吕治辉的配合下进行首次实验，利用物理系自主搭建的时域光谱系统成功测得了不锈钢金属球、圆形平板、光滑圆柱和粗糙圆柱目标的太赫兹回波信号，通过先进数据分析技术从中提取出目标重要电磁参数 RCS，验证了利用时域光谱系统测量太赫兹频段目标 RCS 的可行性。此前国内同行通过其他方式进行类似测量实验仅观测到噪声。

注：本文作者蒋彦雯，发表于 2013 年 4 月 27 日《国防科大报》。

姚师弟赠诗

潜心科研好儿郎，为伊为家为国防。

青梅竹马修正果，万水千山伴三湘。

且说红袖恩爱重，更有千金幸福长。

莫忘寸草因春晖，十月辛苦不寻常。

注：2010 岁末，予喜得千金，实验室姚师弟赋诗相贺。

杨进弟赠诗

十年依依，枝头更新。

得君促膝，说尽平生。

悠然心会，水止云停。

扣舷而啸，今夕何夕？

注：杨进师弟 2012 年 12 月赠予诗集《焰火此岸》，题上诗于扉页，予读罢甚慰，
或可作对予"功名万里外，心事一杯中"赠言之应耳。

友人读《慕轩集》有感

（其一）

京城冬日读慕轩，

清词豪句涌波澜。

齐鲁风挟潇湘雨，

百丈诗情冲斗天。

（其二）

同窗著慕轩，

细品忆当年。

光阴似弹指，

而今起航帆。

注：萌元、杨鸣兄赠于 2018 年。

后　记

本书再版付梓之际，愿与有缘的读者分享出版这本文集的一些初衷。

现代大学担负着人才培养、科学研究、社会服务、文化传承的重大使命。伴随着日常教学科研工作，我常将其中的感悟体会借助诗词、散文等形式诉诸笔端，或总结经历，或回顾心路，或抒发情感，虽不求立言传世，但也希望对服务社会和部队，对传承强军文化和包括邹鲁文化、湖湘文化在内的中华优秀传统文化，对科学普及起到有益的作用，同时建立起"学—行—思"的迭代环路。这本文集就是上述想法的初步探索。

我自幼对诗文怀有浓厚的兴趣。不过在高中文理分班时选择了一条理工科的道路，后来又远赴东北大学求学，四年后保送到国防科技大学读研，后来又读博并留校工作。尽管如此，从高中到博士，从中原的孟子故里到塞外的白山黑水，再到江南的湘江之滨，我一直坚持着这方面的爱好。对于古典诗词，每次读来总有一种亲切之感，抑扬顿挫的语调、荡涤心灵的意境，一次次吟咏，一次次临写，仿佛一次次进入了另外的一个世界。一路走来，断断续续地积累了一些习作，记录了科研、教学、求学、从军、交友、感情和生活中的点点滴滴。

文集上篇"文章"部分分为"教研随笔""学习感悟""弁言雅辞"三章，收录了一些散文、论文、致辞、前言、后记等。中篇"诗词"部分借鉴清朝沈复《浮生六记》体例而分"军旅科大""梦绕东园""山水寄怀""故人酬唱""夜雨杂感""西窗琐忆"六章，多是按《中华新韵》填写，早期部分诗词没有完全依照平仄规定，因此严格地说不能算律诗或词。下篇附上了若干楹联和书法作品。这些作品部分曾在杂志、校报或网站上发表，部分收入学院组织编写的《书写出彩军旅人生》一书。集名"慕轩"出自《游黄山偶感》一诗，取钦慕华夏始祖轩辕帝之意耳。

本书得以出版，感谢国防科技大学七十年来的学术文化积淀和为青年人才成长提供的广阔舞台；感谢学校、学院各级领导在出版过程中的指导帮助；感谢团队宽松的研究氛围、写作环境和大力支持；感谢乐道斌少将和谢超副教授题字；感谢肖顺平少将、朱亚宗教授、王晓军总编辑、杨雨教授热情洋溢地作序和推荐；感谢母校东北大学的培养和长期输送的优质生源；感谢家乡山东邹城的养育和儒家文化的熏陶；感谢"科普中国"国防电子信息基地和付强教授提供的支持；感谢湖南省杰出青年科学基金和国防科技卓越青年科学基金为开展研究提供的帮助；感谢国防科技大学出版社周蓉、邓磊、向颖、陈芷怡编辑为本书出版付出的大量辛苦努力；最后还要特别感谢家人长期的默默支持，并谨以此书献给我的父母以及妻子李红女士和女儿邓芷潇。

四十余年的成长历程、二十余年的军旅生涯凝于此集和此刻。名利权情，熙熙攘攘，不变的是对价值与初心的坚守。我很认同金庸大侠说过的一句话：能写诗会作赋只是小才子，有见识有担当方是大才子。这些作品毕竟只是一名军校教员的业余习作，更多的追求应该还是在于以战领教的人才培养和以战领研的学术研究本身。

是为记。

邓　彬

2017 年 8 月作于听香水榭

2024 年 11 月改于国防科技大学